Adelheid

Das Geheimnis von Brunshausen

von

Lore I. Lehmann

Umschlagbild: Nach einem Foto vom Torhaus des Klosters Brunshausen. Foto und Bearbeitung: Peter Regenfuß

Bildnachweise: siehe Anhang

Technische Beratung: Jörg Winkler

© 2016 Lore I. Lehmann

Herstellung und Verlag: BoD – Books on Demand, Norderstedt

ISBN 9 783739234786

Prolog

Während die kleine Taufgesellschaft sich vor der Kirche versammelte, wandte sich der Pfarrer noch einmal missbilligend zu Friderun: „Ich habe dir doch bereits erklärt, dass du das Kind unmöglich Adelheid nennen kannst. Du weißt doch, es geziemt sich nicht für euren Stand. Wenn du durchaus etwas Besonderes haben willst, dann nenn sie eben in Gottes Namen ‚Ida'. Das passt für jeden Stand."

‚Sie wird auf jeden Fall unsere Adelheid sein', dachte Friderun für sich und willigte ein. Der Pfarrer blickte Arnulf an, der nickte. ‚Meine Frau wird sowieso machen, was sie will', stand für ihn fest. Hinter den Namen „Ida" schrieb der Pfarrer ins Kirchenbuch „anno domini MCCXVIII".

Adelheids Eltern Friderun und Arnulf hatten im fünfzehnten Jahr der Herrschaft von Kaiser Otto IV. geheiratet, also fünf Jahre nach der schrecklichen Sonnenfinsternis. Arnulf war der Müller des kleinen Klosters Brunshausen. Dieses lag von dichten Wäldern umgeben im alten Sachsenland, weniger als eine Meile vom Stift Gandersheim entfernt.

Der Müller war ein gut aussehender Mann, ruhig und humorvoll, und er hatte Friderun und sogar ihren wählerischen Eltern gleich bei der ersten Begegnung gefallen.

In den ersten fünf Jahren ihrer Ehe bekamen sie drei Kinder. Der Sohn Heinrich war der Älteste. Er wurde groß und stark, auch freundlich und zuverlässig und konnte gut arbeiten. Er sollte die Mühle eines Tages von dem Vater übernehmen. Leider war er etwas langsam im Denken, doch mit der Technik der Mühle kam er ganz gut zurecht. Friderun hoffte, dass die ältere ihrer beiden Töchter ein wenig Rechnen lernen würde, um vorerst dem Vater und später vor allem ihrem Bruder beim Verwalten der Mühlengeschäfte behilflich sein zu können. Diese Tochter war Adelheids ältere Schwester Margarete.

Als Margarete zehn Jahre alt war, wurde sie also den Nonnen des benachbarten Klosters für eine Weile in Obhut gegeben. Dort wurde sie nicht nur im Rechnen, sondern auch im Lesen und Schreiben unterrichtet. Die Nonne, die für die Lehrkinder des Klosters – fast alle Töchter des niedrigen Adels – zuständig war, überredete nach einiger Zeit den Müller und seine Frau, ihre fleißige Tochter dem Kloster zu überlassen, wo sie noch weiter lernen und gleichzeitig als Klostermagd den Chorschwestern zur Hand gehen könnte. Margarete selbst war Feuer und Flamme für diesen Vorschlag, denn sie hatte eine große Begeisterung für das Lesen und Schreiben entwickelt, mehr sogar, als die Nonnen angestrebt hatten, und sie hoffte, dies zukünftig auch für irgendetwas anwenden zu können.

Die Müllersleute fühlten sich durchaus geehrt, auch wenn sie sich nun überlegen mussten, wie Vater und Sohn auf Dauer mit ihren schwachen Rechenkünsten allein zurechtkommen konnten.

Adelheid

Aber da war ja noch Adelheid, die jüngste Tochter und der eigentliche Liebling des Vaters.

Sie war wie ihre Schwester nett anzusehen. Beide hatten wie der Vater große braune Augen und die glatten mittelblonden Haare der Mutter. Doch gesundheitlich war Adelheid ein wenig beeinträchtigt, seitdem sie mit vier Jahren auf die hölzerne Abdeckung des Mühlbachs hinter dem Haus gefallen war. Seit dem Unfall bekam sie leicht Rückenschmerzen. Schwere körperliche Arbeit würde sie daher nicht verrichten können. Es lag also nahe, dass auch sie bei den Nonnen unterrichtet werden sollte, sobald sie das zehnte Lebensjahr erreicht hätte, um dann später die Abrechnungen der Mühle machen zu können.

Adelheid nun fand diese Aussicht nicht besonders verlockend. Die Freude ihrer Schwester am Schulunterricht war ihr völlig unverständlich. Sie war ein sehr eigenwilliges Mädchen, war am liebsten draußen bei ihren Gänsen und beobachtete Vögel und andere Tiere und begeisterte sich für blühende Pflanzen. Besonders im Frühsommer war sie wie berauscht und erzählte den Eltern – abweichend von ihrer sonstigen etwas mürrischen Schweigsamkeit - von den herrlichen Farben, die sie gesehen hatte. Im Herbst besuchte sie nachmittags häufig ihren Geheimplatz im Geäst einer Eiche auf einem höher gelegenen Wiesenhügel. Hier bewunderte sie oft ehrfürchtig die leuchtende Pracht, die die tief stehende Sonne auf das bunte Laub der Bäume vor die bleigrauen Wolken zauberte.

An einem dieser Tage sagte sie abends zu ihrem Vater: „Es ist so schade, dass nur Pflanzen und manche Vögel so bunt sind! Oder manchmal auch noch der Himmel. Das Feuer im Herd auch. Aber sonst eigentlich nichts." Der Vater erklärte ihr, dass es auch farbige Kleidung gäbe, aber nur für reichere Menschen. Und dass diese Menschen auch Möbel und andere Gegenstände in Farbe besäßen. Sie konnte sich das nicht vorstellen. Eines Sonntags sagte er zu ihr: „Komm mit. Wir gehen heute mal in die Klosterkirche, die wird dir bestimmt gefallen!" Das war das ganz große Erlebnis ihrer Kinderjahre! Alle Farben, die sie bei den Blumen gesehen hatte, gab es hier, an den Wänden, auf Stoffen, die an den Wänden hingen, an großen Puppen aus Stein, die in den Nischen standen, auch an der Kleidung der vornehmen Menschen in der Kirche. Vor allem aber: die Fenster! So etwas Herrliches! Adelheid verstummte völlig und war tagelang wie benommen. Immer wieder dachte sie darüber nach, woher die Farben wohl kamen und wie sie an die Gegenstände gelangt sein könnten. Und durch wen. Dazu konnte ihr der Vater auch nichts sagen.

Schon immer hatte sie mit Stöckchen Bilder in den Sand gezeichnet, am liebsten Vögel auf Bäumen oder Hasen auf der Wiese oder Katzen oder auch ganz wilde Ungeheuer. Einmal hatte sie sogar in den Mehlstaub auf der Holzkiste im Abfüllraum gekritzelt. Der Vater hatte geschimpft, sagte aber abends zu seiner Frau: „Dieses Kind kann Dinge so zeichnen, als wären sie echt. Wie sie wirklich aussehen. So etwas habe ich noch nie von einem Kind gesehen!"

Wenn ihre Schwester ihr bei ihren Besuchen zuhause Geschichten erzählte, die sie im Kloster gelesen oder gehört hatte, versuchte Adelheid oft, gleich ein Bild dazu in den Erdboden zu ritzen. Manchmal zeichnete sie auch mit einem verkohlten Holzstückchen auf einen Stein. Aber immer musste sie dabei an die Farben in der Klosterkirche denken und wünschte, sie könnte auch irgendwie ihre Bilder bunt machen und auf Fenster zaubern oder auf etwas anderes, wo sie dann auch bewahrt werden konnten. Einmal schlug ihr Heinrich vor: „Zerquetsche doch mal bunte Blütenblätter, vielleicht kannst du dadurch Farben kriegen!" Sie versuchte es, doch das ging nicht, alles wurde sogleich braun und unansehnlich. Es quälte sie, dass sie so gar nichts darüber wusste.

Dann, eines Tages, erwähnte Margarete so ganz nebenbei, dass es in manchen Büchern des Klosters auch Bilder zu den Geschichten gäbe. Bunte Bilder auf Pergament. Adelheid war verblüfft über diese Neuigkeit, vergaß, den Apfel in ihrer Hand weiter zu essen und hörte ihrer Schwester gar nicht mehr zu. Aufgeregt lief sie zu ihrem Vater, zerrte ihn von dem lärmenden Mahlstein weg ins Freie und verkündete ihm, dass sie nun doch zu den Nonnen gehen und lernen wollte.

Die Eltern erfuhren nicht, was den Sinneswandel bei ihrem etwas eigensinnigen Kind verursacht hatte. Sie erfuhren nicht, dass Adelheid für sich beschlossen hatte, das lästige Lesen, Schreiben, Rechnen über sich ergehen zu lassen und dabei zu versuchen, dem Geheimnis der Farben und der Herstellung bunter Bilder auf die Spur zu kommen.

Der Vater kannte ja den Probst und einige Nonnen, und da diese so gute Erfahrungen mit Margarete gemacht hatten und sowieso langfristig weitere Hilfskräfte im Kloster benötigten, waren sie sich schnell einig.

***

Einige Monate später – Adelheid war gerade zehn geworden – wurde sie als Lehrkind im Kloster Brunshausen aufgenommen. Anders als ihre adeligen Mitschülerinnen musste sie wie ihre Schwester täglich neben dem Unterricht allerlei Dienste verrichten, anfangs vor allem für die Kammernonne Walburga, die für die Bekleidung aller Frauen zuständig war. Später wurde sie unterschiedlichen Bereichen zugeteilt. Bald versuchte Adelheid herauszufinden, ob eine oder einige der Frauen im Kloster mit der Herstellung von Büchern befasst waren und wenn ja, wer. Ihre Schwester hatte schon gehört, dass es einen kleinen Schreibraum gab, ein Skriptorium, wusste aber nicht, wer dort arbeitete oder verantwortlich war, ja, noch nicht einmal, wo sich dieser Raum befand. Das war etwas ungewöhnlich, denn das Kloster war ja nicht besonders groß, und nach einiger Zeit kannte sich doch jede dort ganz gut aus.

Adelheid fragte eine der Laienschwestern, welche von ihnen denn im Skriptorium arbeite und erhielt die etwas barsche Antwort: „Keine von uns! Und jetzt kümmere dich um deine Aufgaben!" Also fegte sie weiter das Refektorium aus, den Speisesaal. Das war die Aufgabe, die ihr heute zugeteilt war. Doch dann fasste sie sich ein Herz und stellte einer der Nonnen die gleiche Frage. Die reagierte mit einer Gegenfrage: „Wer bist du denn? Bist du etwa eines der Müllerkinder?" Als Adelheid mit dem Kopf nickte, wurde sie angefaucht: „Ausgerechnet du und deine Schwester, ihr wollt hier wohl alles wissen. Aber ihr habt überhaupt keine Fragen zu stellen. Wehe, ich sehe dich rumschnüffeln nach Dingen, die dich nichts angehen. Und merke dir: Was auch immer war – ihr seid trotzdem nur ganz gewöhnliche Müllersleute!"

Adelheid fühlte sich, als wäre sie geohrfeigt worden, und sie verstand überhaupt nicht, was da eben abgelaufen war. Fast so, als hätte sie ein Geheimnis angesprochen, das auch irgendwie mit ihrer Familie zu tun hatte. Ihre Schwester wusste nichts dazu zu sagen.

Während der folgenden Monate lernte Adelheid sehr viel. Sie fand das Lesen und Schreiben immer noch öde. Und dann auch noch häufig in dieser fremden Sprache Latein. Eines Tages las eine Nonne aus einem Buch vor, in dem jeweils der erste Buchstabe einer Seite gemalte Verzierungen hatte, und auf einigen Seiten gab es richtige Bilder in prächtigen Farben, so wie es ihre Schwester damals beschrieben hatte. Adelheids Herz klopfte heftig. Sie hatte ja ihren alten Traum keineswegs vergessen. Doch immer, wenn sie herausfinden wollte, ob auch in diesem Kloster Bücher abgeschrieben wurden und vor allem, ob jemand hier malen und Farben herstellen konnte, wurde sie entweder verlegen oder aber brüsk zurückgewiesen. Was konnte denn daran bloß so geheimnisvoll sein?

***

Als sie eines Tages ihre Eltern in der Mühle besucht hatte und gedankenverloren zurück auf das Klostereingangstor zu ging, fiel ihr zum ersten Mal auf, dass über dem Torbogen zwei schmale Fenster in die Wand eingelassen waren. Sie blieb stehen, sah hinauf und entdeckte für einen Moment undeutlich das Gesicht einer Frau. Ein Gesicht, das sie noch nie zuvor gesehen hatte! Lange blieb sie

12

dort stehen, doch die unbekannte Frau zeigte sich nicht mehr.

Der erste Mensch, der ihr jetzt hinter dem Torhaus begegnete, war die Kellermeisterin. Ganz aufgeregt erzählte Adelheid ihr, was sie soeben gesehen hatte. Die Kellermeisterin – sie hieß Ursula – war sonst eine ruhige und gelassene Frau. Doch jetzt erstarrte sie, fasste sich dann und nahm Adelheid mit in den Vorratskeller. Dort vergewisserte sie sich kurz, ob sie beide auch wirklich allein waren und flüsterte eindringlich: „Du darfst mit niemandem über das reden, was du gesehen hast, hörst du? Auf gar keinen Fall!" Adelheid nickte. „Versprich es mir! Ich muss mich auf dich verlassen. Wir werden sonst alle sehr große Probleme bekommen!"

Die Frau war also ein Geheimnis, und das Skriptorium war auch eins, und obendrein schien ihre eigene Familie ja auch noch in irgendetwas verwickelt zu sein – gab es zwischen diesen Geheimnissen Verbindungen? Und wenn ja – wieso hörte sich das nach Gefahr an? Und für wen?

Sie fühlte sich auf einmal bedrückt und einsam mit all diesen Geheimnissen. Aber aufregend war es dennoch! Am einfachsten müsste es doch sein herauszufinden, ob ihre Familie tatsächlich mit irgendetwas Merkwürdigem im Kloster zu tun gehabt hatte, jetzt oder vielleicht früher einmal. Und schon fing sie an, sich aufregende Geschichten vorzustellen. Ihre Mitschülerinnen tuschelten und kicherten ja dauernd und erzählten sich gegenseitig die respektlosesten Dinge, oft auch über die Nonnen. Adelheid stellte sich sogleich ihren ansehnlichen Vater vor, wie er früher einmal eine schöne Nonne – äh – na ja, geliebt hatte. Hm! Oder ihre Mutter mit dem Probst, den viele im Kloster immer noch Bruder Leichtfuß nannten, obwohl er doch gar nicht mehr jung war. Nein, nein, niemals. Und wenn doch? Nein! Das konnte nicht sein, denn dann wären Margarete und sie doch niemals im Konvent aufgenommen worden.

***

Hatte denn jemand anderes aus ihrer Familie einmal mit dem Kloster zu tun gehabt? Ihr großer Bruder? Oder womöglich die Mutter ihres Vaters? Diese Großmutter war vor über einem Jahr gestorben. Sie hatte seit dem Tode ihres Mannes in einem eigenen Raum zwischen der Mühle und dem Stall für den Esel gelebt und war immer nur zu den Mahlzeiten in die Mühlenstube gekommen. Nie hatte sie auch nur ein einziges Wort mit ihren Enkeln gesprochen, nur gelegentlich hatte sie sich über sie bei den Eltern beschwert. „Das Kind hat seine Zöpfe nicht fest genug geflochten" oder „Der Junge isst zu viel" oder „Das Mädchen soll beim Essen schweigen". Die Mutter hatte gar nicht auf solche Mäkeleien reagiert, der Vater auch nicht, doch hatte er manchmal seinen Kindern beruhigend zugezwinkert. Eines Tages war die Großmutter besonders ungehalten gewesen. „Das Kind" - damit hatte sie natürlich Adelheid gemeint - „hat wieder den ganzen Hof vollgekritzelt mit diesen Bildern. Ihr müsst ihr das verbieten, es ist

Teufelszeug!"

„Hör damit auf und lass sie in Ruhe!" hatte die Mutter gemurmelt, aber der Vater war richtig laut geworden und hatte seine Mutter angefahren, sie solle nicht immer auf den Kindern herumhacken. Adelheid dürfe so viele Bilder malen wie sie wolle. Darauf hatte die alte Frau verbissen ihren restlichen Haferbrei gegessen, war aufgestanden, und auf dem Weg zur Tür hatte sie noch mit ihrer knarzenden Stimme gesagt: „Ihr und eure Kinder – da habt ihr doch schon am Anfang alles falsch gemacht!" Die Mutter war ganz rot geworden. Der Vater hatte seine Kinder beruhigt und gemeint, die Großmutter wäre nun mal etwas seltsam und durch ihr ziemlich hartes Leben wohl auch ein wenig bärbeißig geworden. Über dieses Wort hatten sie alle lachen müssen.

Adelheid hatte diese Szene nie vergessen, weil ihre Eltern sie so stark verteidigt hatten. Sie hatte danach absichtlich ein Bild vor die Tür der Großmutter in die Erde geritzt, um sie ordentlich zu ärgern. Aber jetzt fragte sie sich, warum ihre Mutter denn so auffällig rot geworden war. Jetzt erst kam ihr das ganz erstaunlich vor. Oder hatte das gar nichts zu sagen? Was hatte die Großmutter denn wohl gemeint mit ihrem „schon am Anfang alles falsch gemacht"?

Diese Gedanken ließen ihr keine Ruhe, auch nicht die Erinnerung an die unfreundliche Antwort der Nonne, als sie damals nach dem Skriptorium gefragt hatte. Beim nächsten Besuch in der Mühle beschloss sie, ihre Mutter einfach zu befragen. Für einen langen Moment wurde die Mutter wieder rot, schaute sich etwas hilflos um, stand auf, setzte sich wieder, stand wieder auf. Dann sagte sie: „Du hast dir da einiges eingebildet, es gibt einfach nichts, auf das die Nonne oder die Großmutter angespielt haben könnten." Das war nun ganz offensichtlich nicht die Wahrheit. Adelheid sah ihre Mutter ernst und beharrlich an und sagte schließlich heftig: „Ich will nicht, dass alle etwas wissen, was nur ich nicht weiß. Ich will das nicht! Irgendetwas muss doch früher mal passiert sein. Ich weiß selber, dass wir gewöhnliche Müllersleute sind. Warum dachte die Schwester denn, ich wüsste das nicht? Mutter, bitte, erkläre mir das alles! Ich möchte nicht wie ein Dummkind vor denen dastehen! Bitte!"

Friderun sah in Adelheids Augen, welche große Bedeutung die Frage offensichtlich für sie hatte. Sie verstand sie auch sehr gut. Und da sie ihre Tochter als ein ernsthaftes und zuverlässiges Kind kannte, fasste sie sich schließlich ein Herz, setzte sich wieder hin, und mit vielen Pausen und Seufzern gab sie folgendes Familiengeheimnis preis:
Im ersten Jahr nach der Heirat der Eltern war ihre zum Kloster gehörige Mühle in einem recht schlechten Zustand gewesen. Der Vater hatte mehrfach vergebens mit dem Probst verhandelt, um aus dem Vorrat des Klosters Holz für Reparaturen zu bekommen. Eines Tages war der Probst sehr liebenswürdig geworden, hatte großzügige Hilfe zugesagt, auch für später, wenn die Müllerleute ihm mit einer sehr großen Gefälligkeit entgegenkommen würden: Es gäbe

gerade jetzt im Kloster ein neugeborenes Findelkind, aber das dürfe absolut niemand erfahren und daher sollte das Müllerpaar diesen kleinen Jungen als ihren eigenen ausgeben und mit Liebe und Sorgfalt aufziehen! Niemand würde misstrauisch werden, da die Mühle doch ganz abseits lag und das Ehepaar, vor allem die zugeheiratete Friderun, nur wenige Kontakte zum nächsten Dorf hatte.

Das war ein dicker Brocken, den Adelheid erst einmal schlucken musste! Das Kind von damals war natürlich ihr großer Bruder Heinrich. Also doch der Probst, aber nicht mit ihrer Mutter, Gott sei Dank! durchfuhr es Adelheid. Und: Diese Geschichte schien mit den anderen Geheimnissen im Kloster gar nicht in Verbindung zu stehen. Von den älteren Nonnen kannten wahrscheinlich einige die Herkunft des Findelkinds und fühlten sich jetzt vielleicht immer noch ungemütlich an jene Zeit erinnert, wenn sie die Müllertöchter sahen. Jedenfalls würde sie Heinrich, den sie immer gemocht hatte, weiterhin als ihren richtigen Bruder betrachten. Sie hätte schon gern gewusst, wer ihn damals geboren hatte, aber das war ja alles bereits 16 Jahre her. Es war für die Eltern sehr mühsam gewesen, das kleine Kind durchzubringen, erzählte die Mutter, und die Großmutter hatte damals gemeint, dass man dieses „Kind der Sünde" hätte sterben lassen sollen. Es hatte darüber einen großen Streit mit ihr gegeben. Sie hatte geglaubt, dass die Entscheidung für dieses fremde Kind alle danach zu erwartenden leiblichen Kinder ‚verderben' würde. Adelheid versprach ihrer

Mutter hoch und heilig, über diese Sache mit niemandem zu sprechen, auch nicht mit Margarete. Und dann teilte ihr die Mutter noch etwas Vertrauliches aus der Gegenwart mit: Sie hatte begonnen, sich von Margarete ein wenig Rechnen beibringen zu lassen, weil sie inzwischen befürchtete, auch ihre jüngste Tochter ganz an das Kloster zu verlieren und in der Mühle ohne sie auskommen zu müssen. Mit dem Kerbholz allein ließen sich die Abrechnungen nur schlecht durchführen, und es gab immer wieder Verdächtigungen, der Müller würde dabei betrügen. Sie hatte sich auch vorgenommen, möglichst bald ihrem Sohn eine kluge Frau zu suchen.

***

Nach diesem Gespräch fühlte Adelheid sich jetzt wohler im Kloster. Wenn sie wieder einmal das Gefühl hatte, als Müllerkind von irgendjemandem komisch angesehen zu werden, wusste sie jetzt wenigstens, dass ihre Familie sich nichts vorzuwerfen hatte, eher im Gegenteil.

Die Kellermeisterin Ursula, der sie als einziger vom Gesicht im Fenster erzählt hatte, war eine der geduldigsten und verständnisvollsten Frauen des Konvents. Eines Tages sollte Adelheid ihr einen Korb Kräuter vom Garten in den kühlen Vorratskeller bringen. Schwester Ursula war gerade allein im Raum, und Adelheid fand die Gelegenheit günstig, um ein paar Fragen zu dem angeblich so gefährlichen Geheimnis zu stellen. In etwas übermütiger Laune sagte sie kess: „Wisst Ihr noch, wie ich dieses Frauengesicht über dem Tor gesehen habe? Bestimmt hat die doch was mit unserem Probst zu tun, oder?" Im gleichen Moment sah sie, wie sich Ursulas freundliches Gesicht verschloss. „Dies ist überhaupt kein Thema für albernes Gänschengeschnatter. Hast du mit irgendjemandem darüber geredet?" Adelheid schüttelte heftig den Kopf. „Das muss auch so bleiben. Denk an dein Versprechen! Und jetzt geh sofort wieder an deine Arbeit, Kind!"

Oh Gott, wie töricht war sie gewesen. Hatte sich gegenüber der Einzigen, zu der sie Zutrauen hatte, als geschwätzige dumme Gans gezeigt. Mit gesenktem Kopf und Tränen in den Augen ging sie zurück in den Garten und jätete unglücklich und verbissen das Unkraut zwischen den Saubohnen.

Nein, das konnte jetzt doch nicht das Ende ihrer Nachforschungen sein. „Du gibst wohl nie auf", hatte der Vater früher so oft zu ihr gesagt, und das sollte auch jetzt so sein. Sie wollte noch einmal mit Schwester Ursula reden, aber vernünftig und vor allem gar nicht über die unbekannte Frau – denn was ging die sie eigentlich an? - sondern über das anscheinend geheime Skriptorium. Sie versuchte der Nonne deutlich zu machen, warum sie, Adelheid, sich so brennend und ernsthaft für das Herstellen von Büchern und besonders für die Buchmalerei interessierte. Dass es sich nicht um die vorübergehende Schwärmerei eines kleinen Mädchens handelte. Dass sie jedoch keinen Weg erkennen konnte, wie sie jemals etwas darüber lernen oder gar eines Tages selbst als Buchmalerin arbeiten könne.

Schwester Ursula hörte ihr konzentriert und zunehmend gespannt zu. Schließlich sagte sie: „Kind, ich verstehe dich jetzt, und ich will gründlich überlegen, ob ich dir helfen kann. In einer Woche werde ich Schwester Hedwig bitten, dich für eine Stunde freizustellen, um mir beim Sortieren der getrockneten Kräuter zu helfen. Dann werden wir darüber reden!"

Was für eine Wendung! Gut, sie wollte nicht zu früh jubeln, aber wenigstens gab es zum ersten Mal einen Hoffnungsschimmer.

***

Diese Woche schien die längste in ihrem bisherigen Leben zu sein. Sie führte alle Aufgaben ganz verträumt aus, und in Windeseile hatten die anderen Mädchen ein Klatschthema mehr: „In wen hat sich Adelheid wohl verliebt?"

Endlich rief Schwester Hedwig sie eines Nachmittags von dem Pastinakenbeet weg, an dem sie gerade arbeitete, und schickte sie zur Kellermeisterin mit dem Auftrag, dieser für eine Weile behilflich zu sein. Artig nickte Adelheid, beseitigte ordentlich das bereits gejätete Unkraut und ging betont gemessenen Schrittes fort. Dabei hätte sie am liebsten laut juhuu geschrien und getanzt!

Etwa eine Stunde später kam sie nachdenklich und etwas verwirrt wieder zu ihrer Gartenarbeit zurück. Kein Geheimnis hatte sich ihr enthüllt, und sie war in Bezug auf ihre Pläne und Wünsche kein bisschen klüger geworden. Schwester Ursula allerdings wusste jetzt ziemlich viel über Adelheids bisheriges kurzes Leben und vor allem über ihre Fähigkeiten. Sie hatte sie nämlich richtig geprüft. Ursula hatte zwei Wachstäfelchen vorbereitet und ließ Adelheid zuerst schreiben und lesen. Das Ergebnis war nun wirklich nicht sehr befriedigend, das war dem Mädchen klar, und ihre Lateinkenntnisse waren eine reine Katastrophe! Nur das Rechnen war wohl ungefähr Mittelmaß. Ach, warum hatte sie den Unterricht meistens nicht ernst genommen, hatte sich innerlich sogar trotzig verweigert, weil sie eigentlich nur malen wollte. Natürlich wurde in einem Skriptorium vor allem geschrieben, das sagte ja sogar schon der Name, so viel Latein konnte selbst sie! Vielleicht gab es gar keine Menschen, die ausschließlich malten und die nicht auch Texte kopieren mussten. Nein, wie dumm war sie gewesen! Hatte sie sich jetzt alles verdorben?

Das mit dem Malen war allerdings wohl ganz gut gelaufen. Sie sollte zu der kleinen Geschichte, die sie gerade stotternd vorgelesen hatte, ein Bildchen auf die zweite Tafel ritzen. Das machte ihr Spaß, und dabei fühlte sie sich wohl. Schwester Ursula betrachtete das Bild sehr lange, wickelte diese Tafel dann in ein Tuch und legte sie zur Seite. Das war anscheinend erst einmal alles. „Kind, ich werde wieder über alles nachdenken und mit unserer Priorin sprechen. Vielleicht werde ich in einer Woche wieder nach dir schicken. Auf jeden Fall solltest du unbedingt im Unterricht fleißiger werden!"

***

Die darauf folgende Woche war im Kloster etwas unruhig. Eine neue Nonne kam aus dem Stift Gandersheim. Eine blasse schlanke Frau, noch recht jung, die ihr linkes Bein etwas nachzog. Die Mädchen bekamen sie anfangs kaum zu Gesicht. Außerdem – und das war für alle noch viel aufregender, auch wenn nur wenige das zugaben – hielten sich in zwei sonst ungenutzten Räumen einen ganzen Tag lang zwei Mönche aus dem Nachbarkloster Clus auf! Am Abend gingen sie dann den kurzen Weg zurück in ihr eigenes Kloster.

Adelheid und ihren Mitschülerinnen wurde natürlich mal wieder nichts erklärt, und so dachten sie sich aufregende Geschichten aus. Es war schließlich ihre Schwester Margarete, die Licht ins Dunkel brachte.

Die beiden hatten sich in Adelheids erstem Klosterhalbjahr des Öfteren getroffen, wenn auch immer nur ganz kurz, und sie hatten sich dann hastig Neuigkeiten über die Familie oder über das Leben im Konvent zugeflüstert. Doch inzwischen unterschieden sich ihre Aufgaben und Interessen stärker, und sie wussten nicht mehr so viel voneinander. In dieser Woche nun bemerkte Adelheid eines Tages, wie Margarete nach dem Gebet von der schönen Schwester Elsbeth, ihrer Lehrerin, angesprochen wurde. Darauf gingen beide in einen der Räume, in dem die Mönche gearbeitet hatten. Was hatte denn das bloß zu bedeuten?

Schon am folgenden Tag fand Adelheid eine Gelegenheit, ihre Schwester auszufragen, und was sie nun erfuhr, war ganz schön aufregend, jedenfalls für sie: Es hatte tatsächlich früher ein Skriptorium in Brunshausen gegeben, sogar mit einer Bibliothek. Doch die verantwortliche Skriptorin war vor fünf oder sechs Jahren gestorben, und niemand hatte ihre Arbeit fortgesetzt. Deshalb war nun die neue Schwester aus Gandersheim gekommen, sie sollte das Skriptorium wieder einrichten. Die beiden Mönche aus Clus hatten die kostbarsten Bände der

Bibliothek, die damals ausgelagert worden waren, wieder zurückgebracht und nun alles ordentlich übergeben.

Das war alles. Das war alles? Warum denn das ganze Geheimnisgetue vorher um das Skriptorium? Dazu konnte Margarete auch nichts sagen, aber eine kleine Sensation hatte sie noch zu verkünden: Sie, Margarete, Tochter des Müllers von Brunshausen, sollte der neuen Nonne von nun an zuarbeiten, weil sie eine besonders schöne Handschrift hatte!

Das war ja wirklich ganz unglaublich – ihre eigene Schwester würde im Skriptorium arbeiten dürfen! Adelheid gratulierte ihr und gegen die Klosterregel umarmte sie sie. Sie hoffte, dass diese Neuerung vielleicht auch für sie selbst irgendwann Vorteile bringen könnte.

***

Adelheid wurde von Tag zu Tag verzagter. Das Wetter draußen passte zu ihrer Stimmung, es regnete fast pausenlos und in Strömen. Sie konnte sich also nicht durch ihre Lieblingsbeschäftigung, die Gartenarbeit, ablenken, sondern musste überwiegend in den Gebäuden putzen, Wäsche sortieren für die Kammernonne Walburga oder in der Sakristei für den schwerhörigen Küster Friedrich das Silber polieren. Bereits seit einer Woche hatte sie nichts von der Kellermeisterin gehört. Und es verging noch eine weitere Woche der Ungewissheit.

Schließlich wurde sie doch zu Schwester Ursula geschickt. Diese befragte sie erst einmal, ob sie inzwischen im Schulunterricht fleißiger geworden sei. Adelheid hatte diese Frage erhofft und sprudelte gleich los: „Ich habe mit meinen Freundinnen gar keine Albereien mehr getrieben, ehrlich, und auch nicht mehr vor mich hin geträumt! Schwester Elsbeth hat gesagt, dass sie mich gar nicht wiedererkennt. Jetzt habe ich endlich alle Buchstaben erlernt, auch das Ypsilon, und das g schreibe ich nicht mehr so krickelig." „Und was ist mit dem Lateinunterricht?" „Der ist doch letzte Woche ausgefallen, weil Schwester Metteke mit den Mönchen aus Clus und dann an den Büchern gearbeitet hat. Aber übermorgen geht es wieder los. Ich werde fleißig sein, bestimmt!"

„Gut, Kind", antwortete Ursula, „wir werden sehen. Ich werde mich immer wieder bei Schwester Elsbeth und Schwester Metteke erkundigen und der Priorin Bericht erstatten. Der hat dein Bildchen nämlich gut gefallen. Sie sagt, du hast Talent. In einem halben Jahr wirst du zwölf. Wenn du bis dahin im Unterricht immer sehr gut mitgemacht hast, könntest du vielleicht anfangen, etwas über das Herstellen von Farben und Tinten zu lernen. Dann sehen wir weiter."

Adelheid wusste gar nicht so recht, ob sie nun sehr glücklich oder doch eher etwas enttäuscht war. Sie befand sich jetzt ja anscheinend auf einem Weg zu ihrem Ziel, aber dieser Weg kam ihr unendlich mühsam vor. Zu gern hätte sie irgendwelche Abkürzungen genommen. Konnte sie als armes Müllerkind nicht einfach das Malen erlernen, ohne Latein und schwierige Texte? Ihre adeligen Mitschülerinnen hatten es beim Lernen sowieso besser als sie, die mussten nicht täglich nach dem Unterricht noch so viele Stunden schuften.

Ach, sie tat sich wirklich leid.

Ihre Mutter würde ja jetzt nur sagen: Entweder – oder!

Genau das war es aber auch! Sie musste sich jetzt wirklich entscheiden, das wurde ihr klar. Und es wurde ihr auch klar, dass sie sich ja eigentlich längst entschieden hatte – sie war doch keine, die auf halbem Weg aufgibt! Schon kam ihr der Weg nicht mehr so steinig vor, eher sogar ein bisschen spannend und abenteuerlich. Sie fühlte sich wieder mutiger. Und so sang sie dann nach der Vesper in der Kirche das Salve Regina ein wenig falsch wie immer, aber laut und fröhlich mit. Ihr war, als habe für sie ein neuer Lebensabschnitt begonnen.

***

Das halbe Jahr war dann doch nicht so lang, wie es sich für sie zuerst angehört hatte. In diese Zeit fiel ein Ereignis, das sie einerseits traurig machte, ihr aber andererseits half, sich danach besser auf das Lernen zu konzentrieren: Ihre beste Freundin – eigentlich ihre einzige – wurde von ihrem Vater zurück in die Familie geholt, um dort auf ihre Verheiratung vorbereitet zu werden. Die Freundin hieß Walburga, was ihr selbst überhaupt nicht gefiel und was sie ihren Eltern auch immer übelgenommen hatte. Ildiko oder Liubila – so hätte sie gern geheißen. Das Schlimmste war aber, dass die dicke mürrische Kammernonne ja auch Walburga hieß. Daher nannten die Mitschülerinnen das Mädchen meist frotzelnd „Kammerlin". Dieser Spitzname blieb ihr erhalten, obwohl eines Tages während der Mahlzeit die Geschichte der Heiligen Walburga vorgelesen wurde und der Name nun für sie alle einen etwas besseren Klang bekam. Diese Heilige war anscheinend eine sehr tüchtige, sehr mächtige und wirklich bewundernswerte Klosterfrau gewesen. Überdies noch eine, die zur Abwechslung mal nicht durch brutale Heiden zu Tode gekommen war.

Kammerlin und Adelheid hatten sich von Anfang an gut verstanden, trotz des Standesunterschieds, trotz eines Altersabstands von fast zwei Jahren und obwohl sie sich im Wesen stark unterschieden. Adelheid war eher verschlossen und still, während Kammerlin meist übermütig und temperamentvoll auftrat. Nicht selten durchbrach sie irgendwelche Klosterregeln, die sie nicht einsehen mochte, und manchmal gab sie den Nonnen ungebührliche Antworten. Daher geschah es immer wieder, dass sie bestraft wurde. Meistens musste sie dann zwei Stunden auf hartem Boden knien und Psalmen auswendig lernen. Sogar noch in ihrer letzten Klosterwoche, nachdem sie mitten in der Andacht einen langen und lauten Hustenanfall vorgetäuscht hatte.

Nun also würde sie das Kloster verlassen. Zum Abschied übergab der Vater der Priorin für die Mühen mit seiner Tochter ein wertvolles Geschenk, ein Buch für die Bibliothek. „Schmerzensgeld an die Nonnen für die schreckliche Zeit mit mir!" flüsterte Kammerlin ihrer Freundin noch zu, und beide prusteten los trotz ihrer Abschiedstraurigkeit.

Nach Kammerlins Fortgang veränderte sich die Stimmung in der Mädchengruppe für eine Weile. Sie dachten alle mehr als sonst an ihre eigene Zukunft, mit Ängsten, Zweifeln oder auch mit Neugier und Vorfreude. Die Mädchen, die auf jeden Fall das Kloster wieder verlassen würden, so wie jetzt Kammerlin, stellten sich vor, wie sie wieder zu Hause in den kleinen Burgen oder Herrenhäusern ihrer Eltern leben und dann mit einem unbekannten Mann – hoffentlich, hoffentlich einem jungen und schönen Mann! - verheiratet oder an ihn ausgeliefert werden würden. Die anderen, die für immer im Kloster bleiben sollten, waren fast alle für eine Weile stiller als sonst und konzentrierter. Sie dachten mit unterschiedlichen und teils widersprüchlichen Gefühlen daran, wie ihr Leben als Nonne oder Chorschwester im Schutze des Konvents verlaufen könnte. Bald würden sie der Novizenmeisterin unterstellt werden.

Für Adelheid und ihre Schwester kam weder die eine noch die andere Lebensform in Frage, das wurde ihnen selbst und auch ihren Mitschülerinnen nun noch deutlicher. Der Standesunterschied wurde ihnen stärker bewusst. Adelheid fühlte sich ohne Kammerlin jetzt viel einsamer als vorher und konzentrierte sich noch mehr auf das Lernen. Sie versuchte, über die ferne Zukunft nicht nachzudenken.

***

Sie kannte sich mit dem Kalender nicht gut aus, daher war sie überrascht, als Schwester Ursula ihr mitteilte, dass sie nun zwölf Jahre alt sei und dass die Priorin demnächst mit ihr sprechen wolle! Das halbe Jahr war also vorbei, und jetzt kamen ihr große Zweifel, ob sie denn genug gelernt hatte in dieser Zeit, ob die Priorin wohl mit ihr zufrieden sein werde.

Einige Tage später war es dann so weit: Adelheid wurde zur Priorin gerufen und fand dort bereits die Schwestern Ursula, Metteke, Elsbeth und Gerlind vor. Gerlind war die, die erst vor einem halben Jahr aus Gandersheim gekommen war und seitdem die Verantwortung für Skriptorium und Bibliothek hatte. Adelheid wäre vor Schreck über die vielen respekteinflößenden Klosterfrauen am liebsten in den Boden versunken und schlug die Augen nieder. Noch schlimmer wurde ihre Verwirrung, als die Priorin sie mit ihrem Taufnamen Ida ansprach. Vor lauter Aufregung konnte sie kaum zuhören. Wie gut, dass wenigstens Schwester Ursula dabei war, die sie schon oft als ihren Schutzengel betrachtet hatte!

„Höre, Ida!" sprach die Priorin mit ihrer merkwürdigen, etwas blechernen Stimme. „Die Schwestern hier haben dich in den vergangenen

Monaten sehr genau beobachtet. Du hast dir große Mühe gegeben und daher recht viel erreicht, du kannst also wirklich fleißig sein." Jetzt erst traute sich Adelheid etwas erleichtert, die Augen aufzuschlagen und der Priorin ins Gesicht zu sehen. „Ich habe gesehen, dass Gott in seiner Güte dir ein großes Talent verliehen hat. Du sollst dich dessen würdig erweisen. Ab morgen wirst du jeden Tag nach dem regulären Unterricht nicht mehr putzen, sondern im Skriptorium bei Schwester Gerlind lernen, wie man Farben und Tinten herstellt. Auf den Wachstafeln wirst du das Zeichnen üben, und sie wird dir dazu Anweisungen erteilen. Gib nun vor Gott und den Schwestern das Versprechen ab, dass du in deinem Fleiß nicht nachlassen wirst und dass du die Ziele, die dir vorgegeben werden, anstreben wirst. Auch sollst du dich darin üben, mit anderen Menschen nicht über diese Arbeit zu sprechen."

Sie war sehr gelobt worden, und die Erfüllung ihrer Wünsche lag anscheinend in greifbarer Nähe. Aber dabei waren auch eine Feierlichkeit und ein Ernst, die sie sehr einschüchterten. Adelheid wurde ganz schwindlig zumute. Sie gab das gewünschte Versprechen ab und wurde entlassen. Mit wackligen Knien erreichte sie den Kreuzgang, und bis zum Schlafengehen brachte sie kein Wort mehr heraus.

Zuerst konnte sie gar nicht einschlafen. Also morgen schon würde Schwester Gerlind ihr das Skriptorium zeigen und dort alles erklären. In den vergangenen Wochen hätte sie ja zu gern mal heimlich ihre Schwester dort besucht, doch die war für so etwas einfach zu gehorsam. Aber wenigstens hatte Margarete ihr manchmal erzählt, was sie dort tat. Meistens musste sie Abrechnungen von Wachstäfelchen auf Pergament übertragen, ebenso Berichte, die dann nach Gandersheim ins Stift geschickt wurden. Das Kloster Brunshausen gehörte ja dem Stift. Vor zwei Wochen hatte sie mit dem Abschreiben der Klosterregeln des Heiligen Benedikt anfangen dürfen. Gemalt hatte aber bisher niemand dort.

Durfte Margarete ihrer kleinen Schwester eigentlich überhaupt so etwas erzählen? Adelheid erinnerte sich an die letzten Worte, die sie vorhin von der Priorin gehört hatte: sie sollte sich darin üben, mit anderen Menschen nicht über diese Arbeit zu sprechen! Darin üben – was für ein Ausdruck! Das hörte sich wirklich schon wieder nach der hier im Kloster üblichen Geheimniskrämerei an. „Wichtigtuerei“ – so hätte Kammerlin das genannt. Na ja, egal. Sie schlief schließlich doch ein.

***

Am nächsten Tag wurde Adelheid von der Nonne Gerlind zum Skriptorium geleitet. Der Raum war kleiner als sie erwartet hatte und etwas heller als die meisten anderen Räume, denn er hatte gleich drei Fenster. Hier standen drei Schreibpulte mit je einem Buchständer für die Vorlagen, und an dem einen der Pulte saß ihre Schwester und schrieb! Sie grinsten sich an, durften aber natürlich nicht miteinander reden.

Auf einem großen Tisch in der Nähe lagen unterschiedliche Werkzeuge und Stapel von unbeschriebenen Pergamenten. In zwei Regalen an den Wänden wurden Schreibgeräte, Tinten und Farben aufbewahrt, auch fertig beschriebene Blätter lagen dort und drei Bücher. Dann gab es noch ein kleines Wasserbecken und einen Ledereimer für Schmutzwasser.

Das war alles, aber für Adelheid war es, als wäre sie in einem wunderbaren Märchen gelandet. Endlich, endlich im Skriptorium! Schwester Gerlind sah wohl ihre großen glänzenden Augen und lächelte sie an. „Du musst aber darauf gefasst sein, dass die Arbeit hier wirklich schwer und anstrengend sein wird!" Adelheid nickte stumm, aber ganz energisch. Sie würde sich durch nichts abschrecken lassen, das war schon mal klar. „Gut, und jetzt zeige ich dir unsere Schatzkammer", fuhr Gerlind fort und führte sie in den Nachbarraum, in die Bibliothek. Dort standen zwei Stehpulte – auf dem einen lag ein aufgeschlagenes Buch - und zwei geschlossene Schränke. Schwester Gerlind öffnete beide. In den Schränken lagen Bücher, dicke und dünne, großformatige und kleinere – es mussten über 20 Stück sein! „Da liegen 34 Bücher, wir haben nur eine kleine Bibliothek. In großen Konventen wie Gandersheim gibt es Hunderte." Adelheid staunte und hätte zu gern gleich in einige der Bände geschaut und nach Bildern gesucht, aber sie wusste ja längst, dass Geduld eine überaus wichtige und gottgefällige Tugend war, selbst, wenn man sie nur vortäuschte.

Als erstes erfuhr sie am folgenden Tag, dass die Küche bei der Herstellung von Tinte ein wichtiger Ort war. Hier lagen heute in einem großen Korb eine Menge frischer Schlehenzweige, deren Rinde Adelheid abklopfen und beiseite legen musste. Die Zweige sollte sie in einen Trog mit Wasser legen. Drei Tage später sollte sie wiederkommen und daran weiter arbeiten.

Im Skriptorium erklärte ihr Schwester Gerlind: „Du hast gerade die ersten Schritte zur Herstellung der Dornrindentinte getan! Das ist eine rot-braune Tinte, die gern benutzt wird, weil sie nicht so schnell eintrocknet wie Eisengallustinte. Und sie ist fast unbegrenzt haltbar." Dann wurde ihr gezeigt, wie man erkennt, welche Art von Gänsefeder zum Schreiben gut geeignet ist und wie man sie mit einem Federmesser zuschneidet und dann immer wieder nachschneidet, sobald die Spitze beim Schreiben weich geworden ist. Das Schneiden übte sie erst einmal an weniger guten Federn.

Am Tage darauf sollte sie zum ersten Mal auf Pergament schreiben. Bisher kannte sie ja nur Wachstafel und Griffel. Sie erhielt ein Stück altes Pergament, von dem ein früherer Text abgeschabt worden war. Diesem groben Pergament sah man deutlich an, dass es aus einer Tierhaut gefertigt worden war – an den Rändern konnte man sogar noch einzelne Tierhaare erkennen. Adelheid sollte mit bereits fertiger Tinte erst einmal Linien ziehen. Mit einem Zirkel stach sie Löcher in das Pergament, markierte so Beginn und Ende jeder

Zeile und zog dann mit dem Lineal eine Linie zwischen den Löchern. Messer, Lineal, Zirkel, die Feder und ein Kuhhorn für die Tinte sollte sie von nun an immer griffbereit an ihrem Gürtel tragen. Während des eigentlichen Schreibens wurde das Horn mit der fertigen Tinte in eine Öffnung im Pult gesteckt. Es gab noch zwei Öffnungen im Pult, wohl für eine weitere Tinte oder für Farbe.

Sie bekam nun einen Text zum Abschreiben. Ach, war das schwierig! Die Feder, die sie in die Tinte getunkt hatte, gab entweder überhaupt keine Tinte ab oder viel zu viel! Und manche Buchstaben verliefen auf dem alten Pergament. Es sah einfach scheußlich aus. Zu allem Überfluss sollte sie sich dann Margaretes gerade fertig gewordenes Blatt anschauen, so als leuchtendes Vorbild. Ja, ja, ihre Schwester schrieb wirklich wunderschön, das wusste doch jeder, aber das half ihr ja nun auch nicht weiter.

Bald merkte Adelheid durch Ausprobieren, wie sie die Feder am besten halten und wie oft und wie tief sie sie eintunken musste, danach ging es langsam besser. Am Folgetag war Schwester Gerlind schon mit manchen ihrer Wörter zufrieden. Allerdings verkrampfte sich mehrmals ihre ungeübte Hand. Sie durfte sie ja nicht auf dem Pergament abstützen, sonst hätte dieses die Tinte nicht mehr so gut angenommen. Es war schrecklich anstrengend. Erstaunlich, dass ihre Schwester nie darüber gejammert hatte!

Am dritten Tag musste sie wieder in die Küche und an ihrer Dornrindentinte weiterarbeiten. Vorher gab ihr Schwester Gerlind Anweisungen mit auf den Weg: Sie sollte das nun rotbraune Wasser aufkochen, mit der Rinde versetzen, das Ganze immer wieder aufkochen, bis die Rinde keine Farbe mehr abgab. Dann die Brühe mit Wein einkochen und mit etwas Baumharz verdicken.

Diese dicke Masse sollte sie dann in Pergamentsäckchen füllen und an der Sonne trocknen lassen. Später würde man von der Trockenmasse ein wenig abnehmen können und in warmem Wein auflösen, sobald man schreiben wollte.

Etwas unsicher machte sie sich ans Werk, erhielt aber gleich Unterstützung von einer der Küchenmägde, die schon viele Male dabei geholfen oder zugesehen hatte.

***

Ein paar Wochen lang stellte Adelheid nun Tinten her, auch die kostbare schwarz-blaue Eisengallustinte und die Rußtinte, und übte das Schreiben auf Pergament. Schwester Gerlind meinte, sie werde ja vielleicht nie eine richtig gute Schreiberin werden, aber sie müsse das Beste aus sich herausholen und außerdem unbedingt ein sicheres Gefühl für die Eigenschaften von Pergament erwerben, um später sauber darauf malen zu können.

Bei dieser Gelegenheit erfuhr Adelheid dann auch, dass es durchaus Buchmaler gab, die nur malten und nicht schrieben. Aber diesen Luxus konnten sich nur reichere Klöster leisten, und Brunshausen war offensichtlich nicht reich.

Gut, sie gab sich also große Mühe. Und sie freute sich jeden Tag von Neuem auf den Malunterricht. Auch wenn es vorläufig noch nicht um richtige Bilder ging – sie war schon glücklich, wenn sie stundenlang Blumenranken abzeichnen sollte oder einen verzierten großen Anfangsbuchstaben. Meistens mit dünner Tinte, manchmal mit einem Silberstift. Vorläufig aber noch ohne Farbe.

Farben waren sehr kostbar, das hatte sie schon verstanden. Sie wurden zwar im Kloster hergestellt, aber das Material dafür kam oft von weither. Manches, zum Beispiel Lapislazuli, musste viele Monate lang transportiert werden und war deshalb außerordentlich teuer. Anscheinend hatte Schwester Ursula mitzubestimmen, ab wann Adelheid mit Farben hantieren durfte. Das war ja erstaunlich, und allmählich verstand sie, dass die Kellermeisterin in der Organisation des Klosters eine überaus wichtige Person war. Sie vertrat in vielen Bereichen die Priorin, beriet sich mit dem Probst über die Finanzen des Klosters, und sie entschied oft selbständig über die Beschaffung von Materialien und Vorräten. Also auch über die Beschaffung und Verwendung der Farben.

Was Adelheid nicht verstehen konnte, war ihre Beobachtung, dass in dem Regal im Skriptorium mal mehr Material für Farben vorhanden war und mal weniger. Dabei malte

Gerlind doch eher selten. Natürlich fragte sie nach und erhielt zur Antwort ein unwirsches Gemurmel, dass man sich manchmal mit den Nachbarskriptorien in Gandersheim oder Clus austausche. Es klang nicht so richtig überzeugend.

Immer, wenn sie sorgfältig gearbeitet hatte, durfte sie sich zum Schluss ein Buch aus der Bibliothek auf dem Stehpult ansehen, darin lesen und die Bilder betrachten. Das Geschenk von Kammerlins Vater gefiel ihr besonders gut. Das war ein Buch über alles, was man über die Welt wissen sollte, aufgeschrieben und auch selbst illustriert von einer Nonne, die aber schon seit über 30 Jahren tot war. Sie hieß Herrad von Landsberg. Adelheid erfuhr aus diesem Buch viele Dinge, von denen sie vorher noch nie gehört hatte. Besonders staunte sie aber über eine genaue Zeichnung mit einer Erklärung darüber, wie eine Wassermühle funktionierte. Dass etwas so Alltägliches und eigentlich von vielen Menschen Verachtetes, eine Mühle wie die ihres Vaters, in einem kostbaren Buch zu finden war! Als sie noch zu Hause gelebt hatte, war das Mahlen für sie nie sonderlich interessant gewesen, das war ja auch die Sache von Männern, also von ihrem Vater und ihrem Bruder Heinrich. Auf der Zeichnung in dem Buch hatte allerdings eine schlanke zierliche Frau, anscheinend eine Nonne, den großen Sack auf ihren Schultern und schüttete die Körner daraus in den Mahltrichter!

***

Gegen Ende des Sommers war es schließlich so weit, dass Adelheid Farben herstellen sollte. Ihr wurde ganz feierlich zumute, und sie erinnerte sich, wie sie als kleines Kind davon geträumt hatte!

Zuerst legte Schwester Gerlind die kostbaren Materialien, mit denen Adelheid anfangs nicht arbeiten würde, auf dem Tisch aus: den berühmten Lapislazuli, den Blaustein, den grünen Malachit, Safran von einer Krokusart und Zinnober. Aber es gab auch weniger teure Möglichkeiten, Farben zu erzeugen, und die würde sie zunächst erlernen: Blüten oder Wurzeln von bestimmten

Pflanzen wurden gekocht, filtriert und dann mit Kreide oder anderen Stoffen vermischt. Ihre erste Aufgabe war, eine grüne Farbe herzustellen. Dafür musste sie die Früchte vom Geißblatt sorgfältig in einem Mörser zerreiben und dann mit Wein und Eisenrost aufkochen. Es klappte auf Anhieb! Nun bekam sie einen feinen Pinsel aus Eichhörnchenhaar und durfte damit eine ihrer Übungsranken auf Pergament ausmalen. Grün, leuchtend grün! Sie konnte sich nicht sattsehen daran, es war wie ein Wunder!

Adelheid hatte in letzter Zeit nicht mehr sehr oft an ihre Familie gedacht, aber nach diesem glücklichen und wichtigen Schritt auf ihrem Weg bekam sie plötzlich ganz große Sehnsucht nach ihren Eltern. Die hatten sie doch immer unterstützt, auch wenn sie sie oft gar nicht verstanden. Und tatsächlich bekam sie die Erlaubnis, am folgenden Sonntag die Eltern zu besuchen und ihnen sogar die grüne Ranke zu zeigen. Der Vater blickte etwas verlegen auf das bemalte Blatt. „Doch, doch, das hast du fein gemacht. Das ist ja vielleicht ziemlich schwer gewesen." Die Mutter schaute gar nicht richtig hin, strich ihr über das Haar und meinte, sie wären beide sehr stolz auf ihre Jüngste.

Sie merkte also, dass weder der Vater noch die Mutter ermessen konnten, wie groß ihr bisheriger Erfolg war, und für einen kurzen Moment war sie etwas enttäuscht. Aber sie sah ja doch, wie liebevoll ihre Eltern sie ansahen, weil sie sich so freute. Und nüchtern betrachtet: Solch einer

Ranke auf einem alten Stück Pergament konnte man die vorangegangenen Mühen wohl auch nicht ansehen.

Nach und nach lernte Adelheid viele Rezepte kennen und musste sie auswendig wiederholen. Als sie einmal eine schwierige Anweisung vergessen hatte, gab ihr Schwester Gerlind die Erlaubnis, ein Buch zu benutzen, das zusammen mit zwei Musterbüchern immer im Skriptorium im Regal lag. In diesem Werk hatte der Mönch Theophilus aus Helmarshausen hundert Jahren zuvor alle komplizierteren Rezepte und viele Ratschläge für schon fortgeschrittene Buchmaler aufgeschrieben, natürlich in Latein. Und jetzt war Adelheid richtig froh darüber, dass sie inzwischen mit dieser Sprache ganz gut zurecht kam.

Schwester Gerlind merkte bald, dass ihre Schülerin bei all ihrer Begeisterung ein ganz sachliches und feines Gespür entwickelt hatte für die Herstellung der Farben, und daher ließ sie ihr oft freie Hand, um neue Farbtöne auszuprobieren. Adelheid liebte sie dafür!

***

Als nächstes lernte sie, in die Ranken und Bordüren, die die Texte einrahmten oder begrenzten, kleine scherzhafte Phantasie-Wesen einzuarbeiten. In die großen Initialen manchmal auch. Auf den jeweiligen Text bezogen sich diese Wesen meistens gar nicht. Zuerst kopierte Adelheid aus dem Musterbuch. Am besten gefielen ihr alle möglichen Drachen oder kleine Köpfchen mit Vogelfüßen oder dicke Monster mit Zähnen auf dem Bauch. Die Blecker, also Wesen, die irgendetwas entblößten – meist den Hintern – mochte sie nicht so gern. Nach einer Weile durfte sie sich auch selbst Mischwesen ausdenken. Das machte ihr sehr viel Spaß! Eines Tages hatte sie die Idee, ihre kleine Miepi, die Freundin ihrer Kindheit, in einem Rankenwerk zu verstecken. Miepi war eine der Mühlenkatzen gewesen, aber hübscher und lustiger und schmusiger als alle anderen. Ein bisschen musste sie sie natürlich verändern. Sie sollte grau-schwarz gestreift bleiben und auch ihr witziges eingerissenes rechtes Ohr behalten, aber dann genau so gestreifte imposante Drachenflügel auf den Rücken bekommen.

Sie machte sich ans Werk. Sie hatte den Umriss der Katze schon fertig und beschäftigte sich gerade mit dem Kopf, als Schwester Gerlind ihr über die Schulter blickte und plötzlich aufschrie: „Was machst du denn da? Reib das sofort weg! Schnell!" Sie bekreuzigte sich hastig. Adelheid war ganz erschrocken. So aufgewühlt hatte sie Schwester Gerlind noch nie gesehen. Was war denn der Grund dafür? Während sie nun eilends ihre Vorzeichnung mit Bimsstein bearbeitete, erhielt sie die Erklärung: „Weißt du denn gar nicht, dass Katzen Teufelstiere sind, oft sogar der Teufel selbst? Ist dir denn gar nicht aufgefallen, dass es im ganzen Kloster keine einzige Katze gibt, obwohl wir doch von Mäusen geplagt werden?" Adelheid und Margarete sahen sich an und konnten zuerst gar nicht glauben, was sie da hörten. Adelheid sagte, dass ihr Vater in der Mühle überhaupt nicht ohne Katzen auskommen könnte. Und dass er bestimmt noch nie davon gehört hätte, dass sie gefährlich und des Teufels seien. „Früher hat man das ja auch nicht gewusst", entgegnete Schwester Gerlind, immer noch ganz aufgeregt. „Als meine Mutter jung war, hat man das erst herausgefunden und dann in den Kirchen verkündet. Sagt das doch mal eurem Vater, und er sollte am besten den Pfarrer fragen. Vielleicht weiß der eine gottgefällige Lösung."

Nun machte Adelheid aus dem Miepi-Kopf ein typisches Löwenhaupt. Das Miepi-Fell hatte sie ja noch gar nicht gemalt. Der Löwe wurde gelblich-braun, erhielt auch Drachenflügel und interessierte Adelheid überhaupt nicht mehr.

Ihre Miepi der Teufel! Wie konnte sie denn so etwas glauben?

***

Adelheid holte sich oft Anregungen aus dem Buch des Theophilus. Er hatte in seinem Werk auch beschrieben, wie Gold auf Bildern verarbeitet werden sollte, aber damit hatte sie noch nie zu tun gehabt. Sie wurde manchmal ins Gebäude des Propstes geschickt, um Material abzuholen, das dort von Händlern oder Boten abgeliefert worden war. Die Propstei war nämlich sowohl vom Inneren des Klosters wie auch von außen zugänglich. Zu den Lieferungen gehörte auch manchmal Gold, in besonderen flachen Holzkästen. Aber kaum hatte sie es im Skriptorium abgegeben, war es am nächsten Tag schon wieder verschwunden. Na ja, sie wusste schon: Nachfragen waren sinnlos. Und Neugier war sowieso nicht gottgefällig.

Als es auf den Winter zuging, gab es im Skriptorium Veränderungen. Vor allem: es wurde kalt und ungemütlich. Der Raum war zwar heller als andere Räume, aber auch mehr der Kälte ausgesetzt. Vor die Fenster waren durchsichtige Folien aus Tierblasen gespannt, und jetzt wurden oft darüber die Holzläden geschlossen. Der Raum wurde dann nur durch Talglichter beleuchtet. An manchen Tagen wurde trotz der Brandgefahr ein Kohlebecken in den Raum gestellt, aber das half nur wenig gegen die Kälte. Die Farben und Tinten sollten ja nicht einfrieren, deshalb durften die Mädchen bei besonders starkem Frost in die Küche oder in den Wärmeraum gehen und dort arbeiten. Der Wärmeraum war außer dem Krankenzimmer der einzige beheizte Raum des Klosters.

Fast noch schlimmer als die Kälte aber war Schwester Fulgenzia. Sie war eine untersetzte Frau mittleren Alters, mit besonders kleinen Augen in einem meist sehr roten Gesicht. An mehreren Tagen in der Woche arbeitete sie jetzt mit in der Schreibstube. Das war notwendig geworden, weil das Kloster von einem Ritter aus der Gegend von Goslar den Auftrag erhalten hatte, für ihn eine Psalmensammlung, einen Psalter, herzustellen. Diese Bestellung diente ja dem Lobe Gottes und sollte so des Ritters verstorbenem älteren Bruder im Fegefeuer Erleichterung verschaffen. Der Auftrag war nach den langen Jahren, in denen das Skriptorium geschlossen gewesen war, der erste, der von außen kam und dem Kloster Geld einbringen konnte. Der Psalter sollte zwar ohne kostbare Bilder erstellt werden, denn die konnte oder wollte der Ritter nicht bezahlen, aber immerhin mit Bordüren, Girlanden und verzierten Anfangsbuchstaben. Er hatte es sehr eilig, und so musste Schwester Fulgenzia mit einspringen. Sie und Margarete schrieben so schnell und sorgfältig wie es ihnen möglich war. Schwester Gerlind und Adelheid bemalten die fertigen Seiten an den Stellen, die die beiden dafür freigelassen hatten. Außerdem zogen sie die wichtigsten Wörter mit roter Tinte nach oder unterstrichen sie rot. Das machten – wie Gerlind erklärte - in manchen Klöstern spezielle Rubricatoren, die die Texte dabei auch auf Fehler durchsahen.

Adelheid war überglücklich, dass Schwester Gerlind ihr diese Arbeit schon zutraute! Aber leider wurde die Stimmung im Skriptorium durch

Schwester Fulgenzias Anwesenheit deutlich schlechter. Sie schrieb ja recht gut, es gefiel ihr aber sichtlich gar nicht, dass Margarete das genauso gut konnte. Oft hielt sie sich nicht an das Ruhegebot beim Arbeiten und mäkelte immer wieder an Margaretes Buchstaben herum. „Was ist denn das für ein b? Wie ein Mehlsack! Aber mit Mehlsäcken kennst du dich ja auch bestens aus!" So ging das mehrmals am Tag, wobei sich ihre abwertenden Bemerkungen auch zunehmend gegen Adelheid richteten. Eine dumme zickige Frau also, und unter sich nannten die beiden Mädchen sie nur „die blöde Kuh". Im Flüsterton natürlich. Schwester Gerlind fand offensichtlich, dass man einen Menschen wie Fulgenzia mit Demut ertragen müsse.

An manchen Tagen fehlte Adelheid diese Demut völlig. Die Kälte, die klammen Finger, das schlechte Licht, der Rauch in den Augen und immer wieder Rückenschmerzen – das war schon schwierig genug. Aber die Schikanen dieser Fulgenzia machten alles andere noch schlimmer. „Vielleicht will der Herr dich prüfen", meinte die sanfte Schwester Gerlind einmal mitleidig. So etwas tat der Herr ja manchmal. Adelheid wollte diese Prüfung natürlich bestehen.

Und schließlich hatte sie sie anscheinend bestanden: Sie hatte nie ganz die Fassung verloren, das Buch war fertiggestellt und Fulgenzias Arbeit in der Schreibstube beendet. Der Ritter war zufrieden, die Priorin auch. Und der Frühling kündigte sich an. Vor allem: Sie war jetzt eigentlich fast schon Buchmalerin, oder?

Schwester Gerlind holte sie sanft auf den Boden zurück und meinte, jetzt fange ihre Ausbildung erst richtig an.

***

Es ging jetzt darum, mit Bildern richtige Geschichten zu erzählen, also mit Menschen, Tieren, Landschaften und manchmal mit Fabelwesen. Geschichten meist aus der Bibel oder aus den Legendenbüchern über die Heiligen und Märtyrer. Zuerst betrachteten Schwester Gerlind und Adelheid gemeinsam Bilder aus einem der ältesten Bücher der Bibliothek. „Siehst du, wie überlang die Figuren sind, auch ihre Hände und Füße? Ich finde das ja sehr schön, aber es ist wirklich nicht mehr zeitgemäß. Es wird nirgends mehr so gemalt. Und schau dir mal die Bewegungen der Figuren an. Es gab damals feste Regeln darüber, was eine Geste ausdrücken sollte. An den Körper angelegte Arme bedeuteten zum Beispiel Trauer." „Aber wenn man diese Regeln nicht kannte", fragte Adelheid, „wie wusste man denn dann, dass der abgebildete Mensch trauerte?" Das konnte Schwester Gerlind auch nicht so richtig beantworten. Sie vermutete, dass viele Menschen eben die Regeln kannten. „Wir malen ja heute auch viele Dinge in unsere Bilder, die jeder Christ gleich erkennt: eine weiße Lilie bedeutet nun mal Jungfräulichkeit, eine weiße Taube stellt den Heiligen Geist dar. Aber für einen Heiden wären das vielleicht nur eine Blume und ein Vogel, sonst nichts."

„Und wie malen wir heutzutage einen trauernden Menschen?" „Wir können das ein wenig selbständiger entscheiden. Er kann das Gesicht in den Händen verbergen, er kann vor Leid den Rücken krümmen oder sich auf den Boden werfen. Manche Maler versuchen sogar, Gefühle in den Gesichtern zu zeigen! Das ist aber sehr schwierig. In Gandersheim hatten wir ein ziemlich neues Buch, in dem einige der Figuren richtig lächeln. Und die gemalten Menschen sehen sich nicht mehr alle völlig ähnlich. Ich mag ja die alten Bilder, aber ich vermute, dir gefällt der neuere Stil mit den etwas größeren Freiheiten besser, stimmt's?"

Bevor es nun an die praktischen Übungen ging, zeigte Schwester Gerlind ihr noch auf einer Wachstafel, wie man Bewegungen der Figuren deutlich machen konnte, zum Beispiel durch ungeordnete oder wehende Kleidung. Und sie machte Adelheid darauf aufmerksam, dass alle Figuren durch dunkle Linien umrandet werden mussten, sie sollten sich deutlich abheben.

Adelheid war aufgeregt und begeistert über ihre neuen Aufgaben. Die nächsten Wochen waren für sie ausgefüllt mit vielen Übungen, anfangs auf Wachstafeln, später erst auf abgeschabten Pergamenten. Schwester Gerlind musste sie beim Vorzeichnen manchmal etwas zügeln und ihr klarmachen, dass es ja durchaus noch klare Regeln in der Malerei gab und sie die kleinen Freiheiten der Darstellung nicht übertreiben durfte. Ihre

Schülerin hätte gern viel Zeit für Versuche mit unterschiedlichen Gesichtern verbracht, doch das war keineswegs Gerlinds Stärke, genau so wenig wie die Gestaltung von Händen. Daher mied sie diese Bereiche manchmal und ließ Adelheid lieber besonders ausführlich den reichen Faltenwurf bei Gewändern und Vorhängen üben.

Eines Tages erschien die Priorin im Skriptorium, sah sich Adelheids Probebilder an, warf auch einen Blick auf Margaretes neueste Kopien und verschwand wieder. Am nächsten Tag deutete Schwester Gerlind den Mädchen an, dass die Priorin Pläne schmiedete, sie beide künftig immer häufiger gemeinsam an einfachen Aufträgen arbeiten zu lassen! Die beiden Müllertöchter! Sie wollten ja nicht selbstgefällig sein, nein, und jedes Buch diente im Grunde nur der höheren Ehre Gottes, vielleicht auch ein wenig dem Wohle des Klosters, doch auf keinen Fall dem eigenen Stolz. Klar. Aber Freude durften sie ja wohl fühlen!

***

Der schöne Plan der Priorin ließ sich dann aber doch nicht durchführen. Als Margarete einige Wochen später einmal wieder die Eltern besucht hatte, kam sie verträumt und merkwürdig zerstreut ins Kloster zurück. Kurze Zeit danach hörte Adelheid eines Vormittags von ihren Mitschülerinnen, dass sich der Müller zu einer Unterredung mit der Priorin im Probsthaus aufhalte. Sie fragte Margarete aufgeregt: „Hast du eine Ahnung, was das zu bedeuten hat? Unser Vater hier? Ob wohl irgendetwas passiert ist?"

Margarete wurde flammend rot, sah ihre Schwester nicht an und meinte mit unsicherer Stimme, nein, sie wüsste nichts. Jetzt wurde Adelheid misstrauisch und ließ nicht locker, bis ihre Schwester, verschämt und erleichtert zugleich, mit ihrem Geheimnis herausrückte: Sie hatte schon im vergangenen Jahr zu Hause in der Mühle zufällig den jungen Müller von Sebexen getroffen, einen Freund von Heinrich. Und als sie das letzte Mal die Eltern besucht hatte, war er ganz zufällig wieder da gewesen. Er hatte ihr und dem Vater deutlich gemacht, dass sie ihm sehr gefiel und - ja – also – er gefiel ihr auch!

Adelheid war außer sich. Ihre Schwester wollte heiraten! „Das kann doch nicht wahr sein! Stell dir doch mal vor, wie du dann in der Mühle dieses Mannes mit deiner wunderschönen Handschrift sorgfältig auf ein Holztäfelchen schreibst: 3 Säcke mit Hafer, oder: 20 Scheffel Weizenmehl. Und das womöglich in den zwei Schriftarten, die du beherrschst? Und vielleicht aus Jux auf Latein? Das geht doch nicht! Das wirst du doch nicht aushalten!" Margarete sah sie unglücklich an. Sie sagte, dass sie sich das sehr gut überlegt hatte; sie wusste, die Arbeit im Skriptorium würde ihr schmerzlich fehlen. Und doch! Ein Leben zu führen mit diesem Mann und mit Kindern, und wenigstens im Haus selbst bestimmen zu dürfen, ohne ständige Andachten und Gebete und häufige Schweigegebote und strenge Regeln – nach einem solchen Leben hatte sie inzwischen große Sehnsucht.

Während ihres letzten Monats im Konvent durfte Margarete ein kleines Gebetbuch kopieren, ihre Schwester versah es mit Bordüren und schönen Anfangsbuchstaben, Schwester Gerlind fertigte den Einband, und dann überreichten sie es Margarete als kostbares Abschieds- und Hochzeitsgeschenk. Ihr liefen ein paar Tränen herunter vor Freude und Rührung und Abschiedsschmerz. Dann ging sie zum letzten Mal den Weg vom Kloster zur Mühle.

An diesem Abend weinte Adelheid zum ersten Mal seit langer Zeit, heftig und untröstlich. Ihre Schwester würde ihr ja so sehr fehlen, sie würde sich von nun an ganz allein fühlen! Und Margaretes Entschlossenheit, ein völlig anderes Leben zu führen, verunsicherte sie auch. Stand es denn wirklich fest, dass sie selbst kein Familienleben haben wollte, dass die Arbeit als Buchmalerin ihr ganzes Leben ausfüllen sollte?

In den nächsten Tagen merkte sie, dass sie doch nicht so ganz allein war. Schwester Gerlind beobachtete sie mitfühlend und war noch sanfter als sonst, und Schwester Ursula kam eigens ins Skriptorium, um sie zu trösten. „Kind", sagte sie, obwohl Adelheid jetzt doch schon dreizehn war, „ich höre, du bist traurig. Das kann ich auch gut verstehen. Aber denke daran, wir sind wie deine Familie, und über dir wacht der Herr und behütet dich. Wenn du durchhältst und seine Prüfungen bestehst, wird er große Aufgaben für dein Talent bereithalten und du wirst froh sein. Das weiß ich, vertraue mir."

Adelheid sah in ihr freundliches rundes Gesicht und vertraute ihr.

Auch wurde ihr eine große Sorge genommen: Schwester Fulgenzia, „die blöde Kuh", würde jetzt nicht Margaretes Platz einnehmen. Als gute Stickerin war sie zum Glück im Handarbeitsraum unersetzlich. Stattdessen wurde eine Novizin ins Skriptorium eingeführt und erledigte von nun an viele Schreibarbeiten. Sie hieß Geseke, hielt sich eisern an alle Schweigegebote und ließ Adelheid in Ruhe. Allerdings machte sie auch ohne Worte deutlich, dass bei ihrem sehr viel höheren Stand eine Müllertochter für sie Luft war. So etwas kannte Adelheid nun schon seit Jahren. Sie hatte sich dagegen längst ein dickes Fell zugelegt und konnte damit leben.

***

Aber von Fulgenzia war Adelheid noch nicht ganz erlöst. Die Handarbeitswerkstatt hatte einen Auftrag für das Männerkloster St. Michael in Hildesheim ausgeführt: eine aufwändige Stickerei auf einem Altartuch. Dieses Tuch sollte nun nach Hildesheim gebracht werden. Bei Gefallen wollten die dortigen Mönche eine weitere Arbeit in Auftrag geben und die Einzelheiten dort gleich mit der Stickerin besprechen. Schwester Fulgenzia musste also eine Reise machen. Als Schutz sollte einer der drei Konversen des Klosters, der Tischler Dietrich, sie begleiten und außerdem – Adelheid! Sie würden nicht, wie meist üblich, zu Fuß gehen, sondern könnten auf einem Ochsenkarren fahren, weil außer dem Tuch noch etliche schwere Ballen und ein Fass transportiert werden sollten.

Eine Reise! Adelheid war hin und her gerissen. Einerseits vier Tage zusammen mit der leidigen Fulgenzia, andererseits ein kleines Abenteuer und eine große Abwechslung! Bisher war sie nur einmal mit einer Laienschwester zum Stift Gandersheim geschickt worden, um dort ein paar Wachstafeln abzugeben. Zu Fuß natürlich. Vom prächtigen Stift, über das so oft geredet wurde, hatte sie damals allerdings nur die Eingangspforte gesehen.

Eine Woche später ging es los, ganz früh, es war draußen noch dunkel. Der Fuhrmann war nicht mehr jung, aber sehr flott und lebhaft. Als er Adelheid beim Schein seiner Laterne auf den Karren half, sagte er leise: „Na, du bist ja eine Süße! Und so schöne Augen!" Natürlich hatte noch nie jemand so zu ihr geredet. Sie war ganz verwirrt. Irgendwie gefiel es ihr, und es machte ihr Herzklopfen.
Fulgenzia und Dietrich schienen nichts mitbekommen zu haben. Die beiden redeten viel miteinander, aber nicht mit ihr.

Nach ein paar Stunden wurde ein Halt eingelegt. Der Fuhrmann nannte sie nun „Täubchen" und „Schätzchen" und schaute sie so merkwürdig von oben bis unten an. Das gefiel ihr nicht mehr, es machte sie eher ärgerlich.

Am späten Nachmittag mussten sie einmal anhalten, weil vor ihnen auf dem Weg ein Karren zusammengebrochen war. Zwei Männer versuchten eine Reparatur. Die Reisenden aus Brunshausen stiegen ab und vertraten sich die Beine. Plötzlich legte der Fuhrmann einen Arm um Adelheids Taille und drückte sie an sich. Sie sah sich nach ihren Begleitern um: Fulgenzia beobachtete sie aus den Augenwinkeln, mit einem schiefen Lächeln. Dietrich schaute mit einem hilflosen Gesicht in eine andere Richtung. Adelheid fühlte eine Riesenwut in sich aufsteigen, über diesen dreisten Mann und auch über ihre Begleiter, die sie so im Stich ließen, anstatt sie zu beschützen. Sie musste sich also selbst helfen. Mit ganzer Kraft trat sie dem überraschten Mann gegen sein Schienbein und schubste ihn ins Gebüsch. Bevor er sich aufrappeln konnte, sagte sie mit einer erstaunlich lauten und festen Stimme: „ Wehe, du fasst mich noch einmal an! Wehe, du sagst noch ein ungebührliches Wort zu mir! Ich werde es dem Probst sagen!"

Oh Wunder! Der Fuhrmann war sprachlos, während ihre Begleiter nun ihre Sprache wieder fanden und den Mann beschimpften. Adelheid klopfte das Herz bis zum Hals. Doch sie fühlte sich so stark wie noch nie in ihrem Leben. Sie hatte gerade etwas Wichtiges gelernt.

Ziemlich spät erreichten sie das Ziel dieses Tages, eine Herberge. Im Schankraum aßen sie von dem mitgebrachten Brot und tranken etwas Bier. Nachdem sie im Schafstall die kleine Notdurft verrichtet hatten, begaben sie sich in den zweiten Raum der Herberge, in dem schon viele Menschen schliefen. Hier schlug ihnen ein äußerst unangenehmer Geruch nach starken menschlichen Ausdünstungen entgegen. Die meisten Männer und Frauen schliefen auf Stroh auf dem Boden, der Konverse Dietrich legte sich dazu. Doch für Fulgenzia, Adelheid und eine Frau mittleren Alters, eine Händlerin, wurde ein richtiges Bett aufgestellt. Die Frau zog sich aus, warf ihre Kleidung auf einen großen Kleiderhaufen in der Raummitte und legte sich dann nackt wie die meisten Schläfer auf das gemeinsame Bett. Adelheid war doch etwas erstaunt darüber. Sie und Fulgenzia blieben jedenfalls angezogen.

Ihr Fuhrmann war noch bei der Wirtin im Schankraum geblieben, sie sahen ihn erst früh am Morgen beim Aufbruch wieder. Zur Freude aller Übernachtungsgäste, die jetzt mit ihren Zugtieren oder zu Pferde oder zu Fuß aufbrachen, war das Wetter weiterhin trocken.

Der Fuhrmann hatte Adelheid seit dem gestrigen Zwischenfall nicht mehr beachtet und schäkerte jetzt mit der Händlerin, die neben dem quietschenden Ochsenkarren marschierte und keine große Mühe hatte, mit der Geschwindigkeit der behäbigen Ochsen mitzuhalten. Die Kiepe auf ihrem Rücken war leer und ihre Laune war gut, da sie alle ihre Waren auf den Dörfern hatte verkaufen können, wie sie dem Fuhrmann erzählte. Sie wollte sich allerdings nicht neben ihn setzen, sondern lieber zu Fuß gehen, obwohl er ihr den Platz geradezu aufdrängte.

***

Es wurde schon dämmrig, als sie schließlich in Hildesheim ankamen. Hier brauchten die drei aus Brunshausen nicht in einer Herberge zu übernachten, sie waren ja Gäste des Klosters. Dort bekamen sie im Gästeraum saubere Betten zugewiesen, sie konnten sich ein wenig waschen und erhielten aus der Küche trotz der späten Stunde noch etwas zu essen. Danach kam der Mönch zu ihnen, der das Altartuch in Auftrag gegeben hatte. Fulgenzia wollte ihm wortreiche Erklärungen zum Muster geben, doch er unterbrach sie etwas unwirsch, sagte, er sei vollauf zufrieden, und legte ihr Zeichnungen vor. Er fragte sie, ob sie diese auf zwei große Buchhüllen sticken könnte und welche Farben sie vorschlagen würde. Auf jeden Fall sollte einiges mit kostbaren Goldfäden gestickt werden. Fulgenzia machte ausführliche und sachkundige Vorschläge. Sie schien tatsächlich viel von ihrer Kunst zu verstehen, und Adelheid betrachtete sie zum ersten Mal mit Respekt. Mönch und Nonne wurden sich dann einig über den Preis und über den Zeitpunkt der Ablieferung. Nachdem sich der Mönch zurückgezogen hatte, fielen die Reisenden todmüde in ihre Betten.

Am nächsten Morgen nahmen sie an der Frühmesse in der Klosterkirche St. Michael teil. Adelheid liebte seit ihrer Kindheit die Kirche in Brunshausen, vor allem die farbigen Bilder auf den Fenstern, aber was sie jetzt erblickte, nahm ihr schier den Atem: Die Kirche war so riesig! Man konnte sich kaum vorstellen, dass Menschen so etwas hatten erbauen können. Vom Mittelschiff aus sah man zu den Seitenschiffen hin auf Säulen eine Menge Arkaden, runde Bögen, die aus abwechselnd roten und weißen Steinen gefügt waren. Und dann gab es noch Rundbögen, die vom Boden bis fast zur Decke hochragten und auf ihrer ganzen Länge genau so rot-weiß gemustert waren. Das sah wunderschön aus, fast ein wenig heiter.

Sie schaute andachtsvoll zu diesen schwindelerregenden Höhen empor und entdeckte ganz hoch oben eine bemalte Decke, die das gesamte Mittelschiff überspannte, anscheinend aus Holz. Sie bestand aus mehreren rechteckigen Feldern, auf denen wohl jeweils eine Geschichte aufgemalt war, aber Adelheid konnte aus der Entfernung die Einzelheiten nicht gut erkennen. Jedenfalls leuchteten die Farben prächtig, es gab vor allem viel Rot und Blau. Ob der Maler diese herrlichen Bilder wohl dort oben gemalt hatte? Auf einem Gerüst? Oder auf dem Boden, und das Ganze wurde dann erst oben angebracht? Oder war es eine Malerin? Gab es überhaupt Malerinnen an Gebäuden? Mitten in diesen Gedanken kriegte sie plötzlich von Fulgenzia einen Stoß mit dem Ellenbogen. „Du singst schon wieder falsch!" zischte diese ihr zu.

***

Der Ochsenkarren war inzwischen vorgefahren, so dass sie nach der Messe die Heimreise antreten konnten. Fulgenzia schwätzte und schwätzte, mal mit Dietrich, mal mit dem Fuhrmann. Wie hielt sie bloß die Schweigezeiten im Kloster aus? fragte sich Adelheid. Aus der Unterhaltung erfuhr sie, dass sie die kommende Nacht in einem Kloster übernachten würden und dass diese heutige Strecke bei Reisenden sowieso viel beliebter sei. Adelheid konnte es sich nicht verkneifen zu fragen, warum sie nicht schon auf dem Hinweg hier entlang gefahren waren. „Das würdest du jetzt gern wissen, du neugierige Gans. Es geht dich aber gar nichts an!" Adelheid ärgerte sich über sich selbst, sie hätte diese Antwort doch voraussahen können. Eigentlich war es ihr sowieso egal, von ihr aus hätten sie auch über Rom oder Köln fahren können oder was es noch für Orte auf der Welt gab. Na ja, vielleicht hatte die Entscheidung für die andere Strecke ja etwas mit der Schankwirtin zu tun gehabt.

Gegen Mittag bezog sich der Himmel, und bald fing es an zu regnen. Ein Junge von zehn oder elf Jahren, der seit einiger Zeit auf seinem Esel neben ihnen ritt, machte sich lustig über Fulgenzias Gejammere über das Wetter und meinte grinsend, der Karren würde bestimmt bald im Matsch stecken bleiben. Der Fuhrmann drohte ihm mit der Peitsche: „Halt gefälligst dein loses Maul!" Der Karren blieb dann doch nicht stecken, aber fast eine Meile lang mussten alle zu Fuß gehen, um die Ochsen zu entlasten. Schlammbedeckt und triefend nass kamen sie schließlich am Kloster Lamspringe an.

Adelheid sah gleich, es war vielleicht kleiner als das in Hildesheim, aber viel größer als Brunshausen und anscheinend bei der Aufnahme von Reisenden gut organisiert. Eine Novizin begrüßte sie höflich und wies sie ein. Fulgenzia verwickelte sie in ein Gespräch und erklärte ihr in abfälligem Tonfall, dass ihre junge Begleiterin nur die Tochter des Klostermüllers wäre. Die Novizin sah Adelheid freundlich an und sagte: „So, eine Müllertochter. Stell dir vor: zu unserem Kloster gehören 10 Mühlen, nicht nur eine. Das ist sicher interessant für dich." Adelheid nickte ergeben.

„Aber dieses Mädchen hat sich in den Kopf gesetzt, die Mehlsäcke zu vergessen und Buchmalerin zu werden!" Fulgenzia sagte das so, als wäre es ein besonders toller Witz und lachte selbst ganz laut darüber. Die Novizin war für einen Moment irritiert von dem unklösterlichen Gelächter, schaute dann aber Adelheid amüsiert an: „Als Kind kann man sich alles erträumen, aber du bist ja schon fast erwachsen. Ich nehme an, du hast eigentlich schon verstanden, welchen Platz Gott dir und deiner Familie zugewiesen hat. Und wenn dein Vater kein Betrüger ist wie so manche Müller, dann ist das ja auch ein ehrenwerter Beruf." Fulgenzia nickte dazu, säuselte „genau!" und lächelte scheinheilig milde.

Adelheid war außer sich und durfte doch keine Regung zeigen. Sie hielt die Augen gesenkt, weil es sich so schickte, vor allem aber, um ihre Wut zu verbergen. Fulgenzia hatte es doch wieder einmal geschafft! Um sich zu beruhigen, gab sie sich selbst die Aufgabe, fünf oder noch besser zehn ganz fiese, gemeine und völlig unerlaubte Schimpfnamen für die blöde Kuh zu erfinden. Diesen Ratschlag hatte ihr einmal Kammerlin in einer ähnlichen Situation gegeben, und das hatte damals wirklich etwas geholfen.

Diese Nacht verbrachten Adelheid und Dietrich im Gastraum zusammen mit einem Dutzend Pilgerinnen und Pilgern, die auf dem Weg nach Huysburg waren. Fulgenzia schlief in einer Klosterzelle.
Am folgenden Tag regnete es nicht mehr, aber der Weg war noch nicht abgetrocknet, daher war die Fahrt bis Brunshausen noch einmal recht mühsam.

***

Die Reise war für sie sehr spannend gewesen, aber sie kam gar nicht dazu, den Eltern oder ihren Mitschülerinnen etwas darüber zu erzählen. Der Alltag im Kloster forderte gleich wieder Adelheids ganze Kraft und Konzentration. Es war ein neuer Auftrag erteilt worden, diesmal von dem Ritter Helmhold der Burg Plesse, der seiner Frau ein Calendarium schenken wollte, um sie über seinen Kreuzzug nach Livland hinwegzutrösten. Dieser Kalender sollte im Wesentlichen Geschichten über die Heiligen enthalten, sortiert nach Tagen und Monaten des Jahres. Das war viel Arbeit für die drei im Skriptorium, und daher konnte Adelheid gar nicht mehr am allgemeinen Unterricht teilnehmen.

Eines Tages wurde ihr gesagt, ihre Schulzeit sei sowieso jetzt für sie beendet. Ihre Mitschülerinnen würden von nun an überwiegend in den weiteren vier der Sieben Freien Künste unterrichtet werden, und die würde sie als Buchmalerin nicht dringend benötigen. Adelheid war damit völlig einverstanden. Vielleicht waren Musik, Astronomie und die anderen Wissenschaften ja auch interessant, aber es drängte sie nicht danach, wenn sie sich stattdessen voll auf die Malerei konzentrieren durfte. Sie sollte von nun an auch nicht mehr im Saal der Schülerinnen schlafen und bekam eine eigene winzig kleine Schlafstelle neben der Küche. Das war zwar ein Einschnitt in ihr Leben, aber kein unangenehmer, denn sie hatte sowieso zu keiner Mitschülerin mehr eine freundschaftliche Beziehung gehabt. Sie war schon froh gewesen, dass sie wenigstens nur ganz selten zur Zielscheibe der spottfreudigen Mädchen geworden war.

In den folgenden Wochen wurde sie beim Arbeiten besonders aufmerksam beobachtet, nicht nur von Gerlind. Häufiger als sonst kamen Schwester Ursula und die Priorin ins Skriptorium und sahen sich ihre Arbeitsergebnisse an, nickten manchmal Schwester Gerlind zu, äußerten aber kein einziges Wort. Irgendetwas braute sich zusammen, aber Adelheid konnte sich keinen Reim darauf machen, so sehr sie auch darüber nachgrübelte.

Einmal, als sie in der Küche die Herstellung einer Farbe vorbereiten musste, war nur eine der älteren Mägde anwesend. Diese Almut zog sie ins Gespräch und fragte mit gesenkter Stimme, ganz vertraulich, ob Adelheid eigentlich wüsste, dass eine Unbekannte täglich von der Küche mit Essen versorgt würde. Adelheid dachte sogleich an das Gesicht über dem Torbogen und hätte zu gern nachgefragt, aber sie hatte ja damals versprochen, mit niemandem darüber zu reden. Zum ersten Mal fiel es ihr nicht leicht, dieses Versprechen zu halten. Sie antwortete daher mit argloser Miene: „Nein, wo soll die denn sein?" „Ach, schon gut. Weiß ich auch nicht. Ich habe mal so ein Gerücht gehört. Kann eigentlich nur Unsinn sein." Dabei beließen sie es und arbeiteten weiter. Adelheid nahm sich vor, bei nächster Gelegenheit Schwester Ursula davon zu erzählen.

***

Die Besuche von Schwester Ursula und der Priorin im Skriptorium machten sie zunehmend angespannt und erschwerten es ihr, sich auf ihre

Arbeit zu konzentrieren. Auch Gerlind und Geseke schienen diesen Druck zu spüren. Eines Morgens wurde sie schließlich in den Raum der Priorin gerufen, es gebe etwas zu besprechen. Zu ihrer Überraschung und Erleichterung fand sie dort jedoch Schwester Ursula vor, allein. „Adelheid, setz dich auf den Hocker dort, wir müssen reden." Das Mädchen nahm Platz und sah die Schwester erwartungsvoll an. „Zuerst erzähle mir bitte, was du über Hrotsvith von Gandersheim im Unterricht gelernt hast!" Ganz überrascht antwortete Adelheid, dass – soweit sie sich erinnerte – diese Frau vor langer Zeit eine Nonne in Gandersheim gewesen war, dass sie schreiben konnte und dass sie zwei Bücher verfasst hatte. Eins darüber, wie Brunshausen gegründet worden war, Gandersheim wohl auch, und eins über die Familie des Kaisers Otto, der auch etwas mit Brunshausen zu tun gehabt hatte. „Nun", meinte Schwester Ursula, „das ist ja wenigstens etwas. Allerdings war sie Kanonissin, nicht Nonne. Du wirst bald mehr über sie erfahren. Vor allem musst du wissen, dass sie eine sehr fromme Frau war, und alle Texte hat sie allein zu Gottes Lob und Preis geschrieben. Aber zuvor muss ich noch etwas anderes ansprechen." Hier machte Ursula eine Pause und räusperte sich. Adelheid sah sie erstaunt an – die Schwester schien verlegen zu sein. Das war ja noch nie vorgekommen! Tatsächlich hatte sie, als sie weiter sprach, sogar eine etwas belegte Stimme: „Du bist ja kein Kind mehr. Weißt du über die Dinge Bescheid, die Eheleute miteinander tun und über die man nicht spricht?" Oh, was war das denn für ein Thema? Sie war vierzehn, sie hatte jahrelang die losen Gespräche ihrer Mitschülerinnen angehört, und vor allem: zu Hause schliefen sie doch alle in einem Raum – wie konnte sie da nicht Bescheid wissen? Sie nickte also. „Vielleicht weißt du auch, dass es Menschen gibt, die den Ehestand nicht achten und die unkeusche Gedanken haben oder sogar Unkeusches tun." Adelheid versuchte, nicht amüsiert zu lächeln, und nickte wieder ernsthaft. Was für eine merkwürdige Befragung!

Schwester Ursula wirkte nun erleichtert, als habe sie etwas Wichtiges, aber sehr Unangenehmes hinter sich gebracht und kehrte jetzt wieder zurück zu Hrotsvith, die vor etwas mehr als 200 Jahren Kanonissin im Stift Gandersheim gewesen war und nicht nur die zwei Bücher geschrieben hatte, von denen Adelheid wusste. Doch die anderen Werke, für die sie zu ihren Lebzeiten sehr gerühmt worden war, galten inzwischen als verschollen, niemand kannte sie mehr. Fast niemand. Hrotsvith hatte damals das Leben von acht Heiligen geschildert und außerdem sechs Dramen geschrieben. In einigen ihrer Werke wurden gottesfürchtige Menschen, vor allem Jungfrauen, bedrängt, ihren christlichen Glauben aufzugeben und mit Heiden unkeusche Dinge zu tun. Und das hatte Hrotsvith anscheinend sehr deutlich und lebendig beschrieben, so dass einige wichtige Leute der Kirche sich Sorgen gemacht hatten, ob die Leser oder Zuhörer das fromme Anliegen der Dichterin richtig verstehen würden.

Adelheid hörte konzentriert zu, denn dieses Gespräch sollte doch wohl auf etwas hinauslaufen, das mit ihr zu tun hatte oder mit dem Skriptorium. Und so war es dann auch. Schwester Ursula schloss mit den Worten: „Wenn wir das Glück hätten, Teile von Hrotsviths Werken zu erhalten – würdest du den Willen und den Mut aufbringen können, an einer Kopie mitzuarbeiten?" Adelheid zögerte. „Ja", antwortete sie gedehnt und etwas ratlos. „Wenn die Priorin sagt, das sei ein gutes Werk – natürlich, gern." „Aber dir muss klar sein, dass das einigen Menschen der Kirche nicht gefiele. Wir müssten die Arbeit daher geheim halten und könnten sie nur vor Gott verantworten." Adelheid nickte. „Du hast ein großes Talent als Malerin und könntest es für dieses Werk einsetzen. Hättest du also den Mut dazu?" Es hörte sich für sie verwirrend und umständlich an. Waren die Schriften denn nun tatsächlich vorhanden oder nicht? Und wofür brauchte sie Mut? Schwester Ursula hatte das Wort gleich zweimal benutzt - was war denn das Wagnis dabei? Andererseits war es wohl eine große Ehre für sie, und die Aufgabe erschien ihr fast wie ein spannendes Abenteuer. Adelheid wollte nicht länger zögern. Sie gab sich einen Ruck und sagte kurz entschlossen zu. Sie war sehr gespannt, was das nun für ihren Alltag und ihre Arbeit bedeutete, doch das erfuhr sie an diesem Tag nicht mehr.

***

Einige Tage später wurde sie erneut zum Raum der Priorin gerufen. Wieder saß dort Schwester Ursula, aber diesmal war auch die Priorin selbst anwesend. „Ida, ich freue mich, dass du an der großen Aufgabe mitarbeiten willst. Es wird dem Herrn wohlgefallen. Du wirst nun ein großes Geheimnis erfahren und du musst vorher bei Gott schwören, dass du es wahren wirst!" Adelheid spürte, dass es diesmal nicht um die übliche und in ihren Augen oft lächerliche Heimlichtuerei ging, sondern um etwas Ernsthaftes. Sie schwor also und fühlte sich dabei plötzlich erwachsen, jedoch gleichzeitig auch verletzlich und gefährdet.

Und dies war das große Geheimnis, auf dessen Spuren sie immer wieder gestoßen war, ohne verstehen zu können: In den Räumen des Torhauses lebte und arbeitete seit Jahren eine Nonne, eine Buchmalerin!!

Adelheid war sprachlos. Ausgerechnet eine Buchmalerin! Eine richtige Buchmalerin war seit Jahren ganz in ihrer Nähe und übte ihren, Adelheids, Traumberuf aus! Viele Wahrnehmungen drängten sich auf einmal in ihre Erinnerungen: das immer wieder verschwindende Gold, die schwankenden Mengen der Farbvorräte, das Gerücht in der Küche, und natürlich das Gesicht, das sie vor Jahren gesehen hatte.

Doch bevor Adelheid diese Enthüllung richtig verarbeiten konnte, sprach die Priorin weiter: „Diese hervorragende Illuminatorin ist eine Nonne, die von weit her zu uns gekommen ist. Sie wird deine Ausbildung vollenden, und ihr werdet zusammen an der Abschrift der Hrotsvith-Werke arbeiten." Das hörte sich ja wunderbar an, und Adelheid strahlte. Nun hatte sie aber eine Menge Fragen zur Geheimhaltung und stellte sie auch. Sie musste doch wissen, welche der Nonnen eingeweiht waren, wie sie den anderen ihre Abwesenheit während der Arbeitszeiten schlüssig erklären sollte, ob sie ihren Eltern irgendetwas andeuten durfte. Die Priorin schaute Schwester Ursula kurz an und sagte dann zu Adelheid: „Komm mit. Du wirst gleich mehr darüber wissen."

Sie schlug einen Wandteppich zur Seite. Darunter wurde eine schmale Tür sichtbar. Die Priorin öffnete sie, und Schwester Ursula und Adelheid folgten ihr in eine weitere Kammer. Das war der Raum über dem Torbogen mit den zwei Fenstern, die Adelheid vor einigen Jahren aufgefallen waren! Und das Gesicht von damals? Das war ja wohl das Gesicht der alten Frau gewesen, die jetzt hier in einem auffallend prächtigen Stuhl saß, mit einem Buch in der Hand.

Die Priorin sagte zu der Frau: „Dies hier ist also Ida, die von nun an Euer Leben mit Euch teilen wird!" Die Frau blickte kurz hoch, nickte, sagte aber nichts. Adelheid dachte noch verwirrt über den Satz der Priorin nach, als diese ihr einen anschließenden zweiten, etwas kleineren, Raum zeigte, in dem zwei Betten standen. Zwei! Adelheid wich das Blut aus dem Gesicht. Sie wollte Luft holen, aber mehr als ein trockenes Schlucken brachte sie nicht zustande.

„Höre, Ida! Du hast ja schon verstanden, dass die Geheimhaltung ein sehr großes Anliegen ist. Daher ist es unerlässlich, dass du von nun an für längere Zeit, also bis das Werk vollendet ist, hier lebst und diese beiden Räume bis dahin nicht mehr verlassen darfst."

Für einen Moment herrschte Stille. Adelheid stand ganz erstarrt, dann begann sie wieder zu atmen, schüttelte langsam den Kopf, flüsterte immer wieder: „Nein! Nein!". Und dann schrie sie plötzlich in Panik: „Nein, das geht nicht, das kann ich nicht, das will ich nicht! Niemals!" Die Buchmalerin saß weiterhin regungslos da, aber die beiden Klosterfrauen sahen sich zutiefst erschrocken an. „Ida, mäßige dich! Wie kannst du dich nur so gehen lassen!" Adelheid verstummte und blieb wie versteinert stehen.

Schwester Ursula versuchte ihr vorzustellen, welche Annehmlichkeiten sie hier haben würde: Die Räume waren vergleichsweise bequem ausgestattet und sogar etwas geschmückt, viele der strengen Klosterregeln waren hier ganz aufgehoben, sie bekamen besonders gutes Essen, und vor allem: Adelheid würde hier die bestmögliche Ausbildung erhalten und mit den kostbarsten Materialien arbeiten dürfen. Bevor Adelheid diese beschwichtigenden Hinweise auf eher weltliche Vorzüge aufnehmen konnte, mischte sich die Priorin mit ihrer spröden Stimme ein: „Wir verordnen dir doch nichts außergewöhnlich Schlimmes. Denk an die vielen lebenslang eingesperrten Inklusen überall im Land, denke vor allem an die Heilige Hildegard. Du weißt doch, dass sie im zarten Alter von acht Jahren mit einer Nonne eingemauert wurde und sieben Jahre lang dort in der Klause lebte." „Ich weiß! Ich weiß das doch."

Adelheid löste sich aus ihrer Verkrampfung. „Ich habe diese Geschichte immer mit großem Mitleid gehört. Wie konnte man nur so grausam zu einem Kind sein! Auch wenn ich viel älter bin – ich kann das nicht. Und ich will ja auch keine Heilige werden." Die Priorin wollte etwas entgegnen, doch Adelheid unterbrach sie vehement: „Und außerdem hatten die einen eigenen kleinen Garten, in den sie jederzeit gehen konnten, frische Luft, Vögel, Pflanzen. Was ist denn hier? Zwei kleine Fenster. Und dann noch nicht mal einen Aborterker oder eine Latrine. Wie kann man denn so leben?" Adelheids Stimme klang gepresst, voll mühsam unterdrückter Verzweiflung.

Schwester Ursula machte eine Geste, als wollte sie Adelheid an sich drücken, verwehrte sich diese Regung jedoch. „Ida, du musst dich nun beruhigen", sagte die Priorin. „Bete zum Herrn und bitte ihn um Gelassenheit und innere Kraft, er wird dir helfen. Morgen wird Schwester Ursula wiederkommen und einiges mit dir besprechen. Bis dahin wirst du von Schwester Aurelia schon etwas über euren Tagesablauf erfahren haben. Die Horen werdet ihr von nun an gemeinsam beten."

***

Die beiden Nonnen waren gegangen, und Adelheid stand immer noch in der Mitte des Raumes, blicklos, wie betäubt. Es dauerte einen Moment bis sie wahrnahm, dass die alte Frau mit einer leisen heiseren Stimme etwas zu ihr gesagt hatte: Sie sollte den zweiten Stuhl heranziehen und sich zu ihr setzen. „Horch zu, Ida oder Adelheid –

über deinen Namen müssen wir später reden – du fühlst dich jetzt ganz elend, und ich glaube, ich kann das völlig verstehen. Aber es ist, wie es ist, und du wirst das Beste daraus machen müssen. Ich bin alt und außerdem daran gewöhnt, mich auf meine Arbeit zu konzentrieren und nur selten mit jemandem zu reden. Das macht es für dich natürlich noch schwerer. Übrigens - das war eben gerade sehr wohlerzogen von dir, nicht zu sagen, dass die kleine Hildegard wenigstens mit einer ganz jungen Inkluse eingemauert war und nicht mit solch einer alten Schachtel wie mir!" Adelheid blickte erstaunt hoch und sah ein ganz kleines Lächeln in dem schmalen faltigen Gesicht.

„So, ich möchte noch ein wenig lesen. Gleich kommt die Almut aus der Küche und bringt uns unser Essen. Sie kommt durch eine kleine Tür drüben in den Schlafraum. Sie wird dir zeigen, wo du schläfst, wie du dich waschen kannst und wie du damit zurecht kommen kannst, dass wir keinen Abtritterker haben." Wieder ein kaum wahrnehmbares kleines Lächeln.

Die Almut aus der Küche war also in das Geheimnis eingeweiht. Adelheid fiel ein, wie gerade diese Almut vor kurzem versucht hatte, sie dazu zu verleiten, das unbekannte Gesicht zu erwähnen und damit ihr Versprechen zu brechen. Das war also eine Art Prüfung gewesen! Der ganze heutige Schrecken war wohl schon vor einiger Zeit geplant worden. Und ihre liebe Schwester Ursula? Sie hatte ja etwas gequält ausgesehen, aber sie hatte doch die Falle mit vorbereitet, in der sie jetzt gefangen saß. Und wusste Schwester Gerlind von alledem? Was würde denn nun ihren Eltern gesagt werden?

Sie war anscheinend ganz verlassen. Von allen Menschen, die sie liebte, vielleicht auch von Gott.

***

Als sie sich an diesem Abend in ihr neues Bett legte, wollte sie an nichts mehr denken und schlief im gleichen Augenblick schon ein. Und sie schlief am Morgen so lange wie noch nie zuvor. Zwei Stundengebete hatte sie versäumt. Schwester Aurelia meinte, das sei eine besondere Nacht gewesen, deshalb habe sie sie nicht geweckt, und Gott würde das mit Sicherheit auch so verstehen. Schon wieder hatte sie dieses kaum erkennbare kleine Lächeln in den Augenwinkeln. Almut war inzwischen offensichtlich auch schon da gewesen – es gab frisches Wasser, und die Nachttöpfe waren geleert und gesäubert.

Schwester Aurelia hatte anscheinend schon seit Stunden gearbeitet. Sie zeigte Adelheid ihr neues Schreibpult und die Regale, in denen alle Materialien und Werkzeuge untergebracht waren. Im Wesentlichen war alles genau so wie im Skriptorium, aber viel wohnlicher, mit einem Wandteppich, zwei zusätzlichen Stühlen mit bunt bestickten bequemen Kissen darauf und Fußbänken. Es gab auch mehrere glänzende Bronzescheiben, die das Tageslicht oder das Kerzenlicht auf die Arbeitsflächen warfen. Später erfuhr sie, dass ein Skriptor namens Petrus

Pespluviae vor vielen Jahren der Schwester Aurelia diese praktische Einrichtung vorgeschlagen hatte.

Adelheid sollte als erste Aufgabe eine bereits geschriebene Seite mit einer Bordüre versehen. Das Motiv konnte sie sich selbst ausdenken oder einem Musterbuch entnehmen, aber auf jeden Fall sollten viele Vögel darin eingearbeitet werden. „Ich habe gehört, du malst gern Vögel. Ist das so?" Adelheid antwortete nicht. „Na gut. Bevor du die Arbeit beginnst, musst du mir aber noch sagen, ob du lieber Ida oder lieber Adelheid genannt werden möchtest." „Das ist mir gleichgültig", antwortete Adelheid trotzig. Es war ihr in diesem Augenblick auch gleichgültig. Alles war ihr gleichgültig. „So so, es ist dir gleichgültig. Dann nenne ich dich erst einmal mit beliebigen Namen, bis du dich entschieden hast. Also, äh, Luitgard, mach dich jetzt bitte an die Arbeit!" Sollte das ein Witz sein? Die Nonne hatte aber keine Miene verzogen.

Adelheid fand schnell alle nötigen Materialien, und längere Zeit arbeiteten beide stumm an ihren Aufgaben. „Bertha", sagte irgendwann die Schwester, „du scheinst an deinem Pult nicht so gut zu sitzen. Hast du Rückenschmerzen?" Dieser zudringliche Scherz mit den Namen sollte sich jetzt wohl ständig wiederholen. Sie antwortete gar nicht. Als sie etwas später wieder auf eine Frage nicht geantwortet hatte – diesmal eine Frage ohne Namenswitzelei – forderte Schwester Aurelia sie auf, die Arbeit zu unterbrechen und sich mit ihr auf die bequemeren Stühle zu setzen.

„Bitte höre mir jetzt gut zu! Dies ist für uns beide eine neue Lebensform. Ja, für uns beide! Ich habe bisher hier allein gelebt, ich hatte meine Ruhe und eine besondere Art von Freiheit, die ich oft sehr genossen habe. Ich liebe die Kunst, meine Arbeit. Ich bin jetzt alt, und mit meinem Leben hier bin ich zufrieden. Ich war jedenfalls zufrieden. Und nun kommst du. Unfreiwillig, ich weiß. Aber es ist eben auch für mich eine große Umstellung. Wenn wir das hier aushalten wollen, müssen wir uns beide Mühe geben, du auch. Es geht einfach nicht, dass du mir auf Fragen gar nicht antwortest. Und ich möchte dich auch bitten, deinen Zorn oder deine Verzweiflung nicht an mir auszulassen und damit auch mir die Stimmung zu verderben.“

Eine Weile saßen beide stumm beieinander. Schließlich sagte Adelheid: „Ja, ist gut.“ Und nach einigen Momenten fügte sie hinzu: „Ich möchte Adelheid genannt werden. Nur die Priorin nennt mich bei meinem Taufnamen.“

Am späten Nachmittag, vor der Vesper, kam wie angekündigt Schwester Ursula durch die schmale Tür aus dem Raum der Priorin herein, um mit Adelheid zu sprechen. Die beiden Nonnen begrüßten sich sehr freundschaftlich, sie schienen sich gut zu verstehen.

Adelheid hatte immer gern mit Schwester Ursula geredet, doch heute war alles anders. Sie hielt die Augen gesenkt, um ihre Bitterkeit und große Enttäuschung nicht so deutlich werden zu lassen. Ursula berichtete ihr anfangs, welche Sprachregelung für ihre Eltern und alle anderen Nichteingeweihten getroffen worden war, um ihr Verschwinden zu begründen: Sie sei für eine Weile an das Skriptorium eines anderen Klosters beordert worden.

Dann sprach Ursula Adelheids gedrückte Stimmung an. „Ich fürchte, du bist auch von mir persönlich enttäuscht", sagte sie, „und das bedauere ich sehr. Wegen der Geheimhaltung durfte ich dich nicht auf die näheren Umstände deiner Aufgabe vorbereiten und konnte dir somit keine Bedenkzeit einräumen. Unser Vorgehen gestern muss dich sehr verletzt haben! Ich konnte es nicht ändern, aber ich bitte dich um Verzeihung!" Adelheid nickte dazu, Worte konnte sie nicht herausbringen. Aber sie merkte, wie ihre Bitterkeit langsam wich und einer großen Traurigkeit Platz machte.

***

In den nächsten Tagen arbeitete sie weiter an der breiten Bordüre. Schwester Aurelia sah ihr manchmal ganz genau zu und gab ihr kleine handwerkliche Ratschläge, die Adelheid neu waren und die sie sofort umsetzte. Noch vor einer Woche hätte sie sich über diese Hilfen sehr gefreut, aber jetzt kam die Freude nicht wirklich bei ihr an. Sie fühlte sich, als wäre sie nicht richtig anwesend und vor allem, als würde ihre Kraft sie langsam verlassen. Es war schon schwierig, den Pinsel ruhig zu führen, und sie musste immer häufiger mit

Bimsstein oder Federmesser korrigieren. Ihr war ja auch so heiß.

Irgendwann fühlte Schwester Aurelia ihre Stirn und schickte sie ins Bett, mitten am Tag. War sie krank? In den folgenden Stunden und Tagen dämmerte sie meistens vor sich hin. Manchmal wachte sie auf, wenn sie von Almut nasse Wickel um die Waden und ein kühles Tuch auf die Stirn bekam. Manchmal hatte sie eine furchtbare Angst vor irgendetwas und schrie laut und musste sich wehren. Jemand sprach dann beruhigend zu ihr und streichelte sie. Irgendwann schlief sie fast nur noch. Hin und wieder wurde sie im Bett aufgesetzt und mit einer Hühnersuppe gefüttert, und dann durfte sie wieder in diesen tiefen Schlaf fallen.

Eines Tages, als Almut sie gerade zum Waschen wecken wollte, war Adelheid bereits wach und blickte wieder mit klaren Augen um sich. Sie setzte sich auf und fühlte dabei ein Lederband an ihrem Hals, und an dem Band hing das kleine *Sackelin* ihrer Mutter. Ganz unverwechselbar! Ihr *Zouber* in dem Ledersäckchen! Ganz aufgeregt fragte sie, ob ihre Mutter sie denn besucht hatte. Almut schüttelte den Kopf. „Weil du so sehr krank warst, bekam ich die Erlaubnis, zu Friderun zu gehen. Ich sagte ihr, dass du in dem anderen Kloster krank geworden wärest und dass ich dich dort sehen würde. Da gab sie mir ihr *Sackelin* für dich und sagte, ich solle dich für sie in die Arme nehmen. Und das tu ich jetzt mal." Sie drückte Adelheid an sich.

Das war zu viel für Adelheids Selbstbeherrschung: sie schluchzte laut auf und weinte hemmungslos wie ein Kind. Sie weinte und weinte! Almut war erschrocken und wollte sie beruhigen, aber Schwester Aurelia war dazu gekommen und machte eine Geste – sie sollte sie weinen lassen. Schließlich hatte Adelheid keine Tränen mehr und fiel wieder in einen tiefen Schlaf.

Als sie nun wieder aufwachte, hatte sie großen Hunger! Das schien alle sehr zu erfreuen, zuerst Aurelia, dann ganz besonders Almut, die wohl tagelang ihre Pflegerin gewesen war und die jetzt außerhalb der Essenszeit in die Küche lief und ihr einen Brei aus Mehl, Milch und Honig holte. Schwester Ursula kam nach der Vesper. Auch sie hörte von Adelheids Appetit mit Wohlgefallen. Das fand Adelheid irgendwie witzig und auch anrührend - alles, was mit Essen zu tun hatte, durfte normalerweise kein Thema im Kloster sein, weil es doch zur Sünde der Völlerei führen konnte.

Sie war noch sehr schwach und wurde in den folgenden Tagen gehegt und gepäppelt. Während ihrer Krankheit hatten die beiden Nonnen offensichtlich über Adelheids Gesundheit beratschlagt. Sie hatten einen Plan entworfen und diesen mit der Priorin abgestimmt: Adelheid sollte von nun an einmal in der Woche mit Almut nachts im Klostergarten spazieren gehen, mit Umhang und Kapuze! Oh, sie würden aussehen wie die Gestalten aus den Gruselgeschichten, die Heinrich abends immer erzählt hatte! Womöglich noch im

Mondlicht und mit langen Schatten! In dieses Bild passte dann auch, dass Almut ja einen Buckel hatte!

Außerdem sollte Adelheid regelmäßig im Raum alltägliche Bewegungen üben, die bei ihrer Arbeit in der Klause nicht gefordert waren. Also: Bücken, sich strecken, Gegenstände anheben, Bücher um den Tisch herumtragen, in die Knie gehen. Das hörte sich ja absonderlich und etwas albern an, doch als sie darüber nachdachte, gefiel ihr dieser Plan. Die Begründung der Schwestern wirkte auf sie beruhigend: Ihre Gefangenschaft – so nannte Adelheid bei sich die Klausur – sollte wohl tatsächlich irgendwann ein Ende haben, und sie würde dann nicht durch den Mangel an Bewegung geschwächt sein. Und dieses Ende war eigentlich absehbar: Von den acht Heiligenlegenden der Hrotsvith fehlten nur noch zwei; alles andere hatte Schwester Aurelia in den vergangenen Jahren schon allein fertiggestellt. Aber warum benötigte sie gerade jetzt Hilfe? Das war nicht gesagt worden.

***

Malen sollte Adelheid so lange nicht, bis sie wieder eine sichere Hand hätte, aber dafür umso mehr lesen. Und so lernte sie jetzt die Werke der Hrotsvith kennen, zuerst die Heiligenlegenden, von denen sie wenigstens eine illuminieren sollte, und dann die Dramen. Sie las und las und war häufig verwirrt. Solche Texte kannte sie bisher nicht. Sie war ja schon vorgewarnt worden, dass diese Dichterin Dinge beschrieben hatte, über die man zumindest im Kloster überhaupt nicht sprach. Vielleicht war das damals, vor über 200 Jahren, noch anders gewesen. Aber sowieso hatte Hrotsvith nur deshalb darüber geschrieben, damit die Leser verstanden, wie fest im Glauben die Christen waren, die den Versuchungen der Heiden widerstanden. Die unmoralischen Personen in den Texten waren meistens nicht sehr angenehm und auch nicht klug, das half den bedrängten Jungfrauen wahrscheinlich etwas bei ihrer Standhaftigkeit. Auch Adelheid hätte mit jenen Männern ganz bestimmt nichts zu tun haben wollen, aber die Beschreibung der lüsternen Gefühle verwirrte sie sehr, und sie hatte viele Phantasien, die gar nicht keusch waren. Ein schlechtes Gewissen hatte sie deswegen nur selten– sie war schließlich keine Nonne und wollte auch bestimmt keine Heilige werden. Sie gab sich jedoch große Mühe, diese Gefühle vor Aurelia zu verbergen.

Das Lesen fiel ihr nicht leicht, weil die Pergamente teilweise beschädigt waren, durch Mäuse angefressen, durch Feuchtigkeit gewellt, es gab Löcher und Risse. Übrigens waren manche Seiten nicht besonders sorgfältig und gleichmäßig geschrieben. Bilder gab es überhaupt keine, nur einige rot verzierte Initialen. Alle Großbuchstaben waren rot angekritzelt, wie von Kinderhand. „Woher kommen denn diese Handschriften? Wo sind sie denn bisher aufbewahrt worden?" fragte Adelheid. Dazu meinte Aurelia, sie wisse es selbst nicht so genau. Aha. Diese Art von Antwort war Adelheid seit Jahren vertraut. Aber ganz wollte sie sich nicht abwimmeln lassen. „Wer hat denn überhaupt den Auftrag zum Kopieren gegeben,

darf ich das denn wenigstens wissen?" „Nein",
antwortete Aurelia lächelnd, „nein, darfst du nicht!
Und dabei bleibt es auch!" Nach einer Weile fügte
sie dann aber doch hinzu: „Es ist ein hoher
kirchlicher Würdenträger. Wir tun für ihn also ein
frommes Werk."

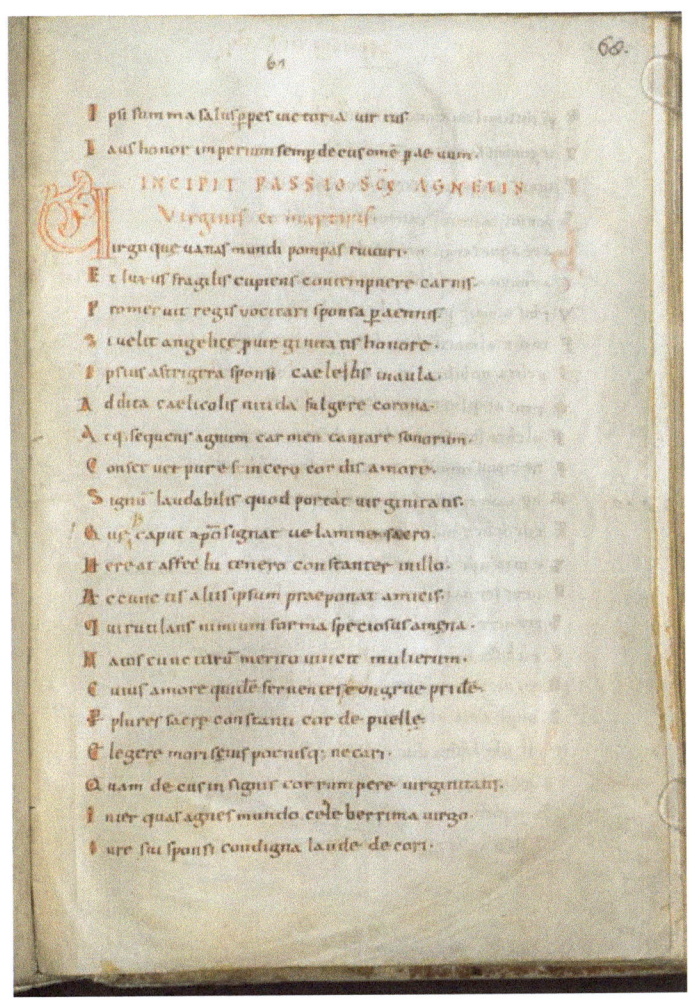

Adelheid begann wieder mit dem Malen. Sie beendete die Bordüre, und Schwester Aurelia sagte zu ihr: „Ja Moidl! Das hast du sehr schön gemacht! Vor allem deine Vögel sind wirklich etwas ganz Besonderes!"

„Moidl" hatte Aurelia gesagt, das bedeutete wohl so etwas wie Mädchen. Überhaupt sprach die Schwester anders als die anderen Menschen, der Klang war anders. Vielleicht, weil sie von weit her gekommen war? Manchmal murmelte sie ganze Sätze in dieser Sprache vor sich hin. Adelheid wollte gern mehr über sie wissen. „Darf ich Euch eine persönliche Frage stellen, auch wenn das vielleicht neugierig ist?" wagte sie sich einmal in einer Arbeitspause schüchtern vor. Schwester Aurelia schaute sie amüsiert an. „Weißt du, ich habe nichts gegen Neugier. Ohne Neugier würden wir doch viel zu wenig Neues von Gottes Welt erfahren. Also, du kannst fragen, was du willst. Nur – es kann sein, dass ich manche Fragen nicht beantworten will."

Adelheid nickte und fragte erst einmal, woher sie denn komme. „Na gut, das kann ich natürlich beantworten. Also: Geboren bin ich auf einer kleinen Burg in der Nähe von Vilseck. Das ist von hier etwa zehn Tagesritte entfernt, Richtung Mittag. Mit zehn Jahren haben mich meine Eltern in ein Kloster in Regensburg gegeben. Das ist eine sehr große Stadt, an einem großen Fluss und mit sieben Klöstern. Da habe ich die üblichen Wissenschaften und Künste erlernt und schon früh im Skriptorium gearbeitet. Eine sehr gute

Buchmalerin hat mich dort ausgebildet. Zufrieden?"

„Ja. Äh - nein. Nur noch: Konntet Ihr als kleines Mädchen manchmal Eure Eltern sehen? Hattet Ihr Sehnsucht nach Eurem Zuhause?" „Ach ja", sagte Aurelia gedehnt und seufzte ein wenig. „Daran kann ich mich ganz gut erinnern. Das Kloster war nur etwa drei Tagesritte von der Burg entfernt, aber ich habe meine Eltern nur noch einmal wiedergesehen, viel später, vor Ablegung des Ordensgelübdes, also vor meiner Profess. Ich hatte oft Heimweh. Vor allem meine Brüder haben mir sehr gefehlt, ich hatte zwei ältere und einen viel jüngeren. Manchmal habe ich heimlich geweint. Ich war nie wieder zuhause." „Oh, das tut mir leid!" sagte Adelheid leise, und für einen Moment konnte sie sich die alte Frau als kleines verlassenes Mädchen vorstellen. Die kleine Aurelia. Oder hatte sie gar nicht so geheißen? „Eine Frage habe ich doch noch: Ist Aurelia Euer Taufname?" „Nein, nein. Ich hieß Anna Maria von Schlicht. Als ich Nonne wurde, habe ich mir den Namen Aurelia selbst ausgesucht, nach einer sehr frommen Regensburger Frau. Einer Inkluse übrigens. So etwas beeindruckte mich damals sehr."

***

In den folgenden Wochen erhielt Adelheid intensiven Unterricht von Aurelia, vor allem über die Herstellung von Goldtinte und über die Anwendung von Gold in den Miniaturen, also von Goldstaub und Blattgold. In dem Buch des

Theophilus hatte sie ja schon darüber gelesen, und daher war sie erstaunt, wie hauchdünn diese Goldblätter bereits waren, die hier angeliefert wurden, sie mussten gar nicht mehr lange geklopft werden. Das wäre wegen der Lautstärke im Konvent vielleicht auch aufgefallen. Das Gold, einige der teuren Grundstoffe für die Farben und die feinen Pergamente wurden übrigens von Zeit zu Zeit von dem geheimnisvollen Auftraggeber zur Verfügung gestellt. Wie, durch wen, auf welchem Wege? Geheim natürlich!

Der Umgang mit dem Gold erforderte große Sorgfalt. Adelheid arbeitete konzentriert und war auf eine stille Art ganz aufgeregt! Sie durfte jetzt die Dinge tun, die ihr im Skriptorium noch gefehlt hatten. Dort hatte sie bei Gerlind ja sehr viel gelernt, aber nun zeigte ihr Schwester Aurelia die Feinheiten ihrer Kunst. Trotz der widrigen Lebensumstände war sie jetzt manchmal richtig glücklich, und sie betrachtete sogar ihre noch nicht so gelungenen ersten Versuche mit dem Gold immer wieder und mit großer Genugtuung. Schon bald lobte Schwester Aurelia Adelheids Geschick und Fingerspitzengefühl. Schließlich traute sie ihr ein ganzseitiges Bild zu mit viel Gold und mit Purpur, einem ebenfalls äußerst kostbaren Material.

Die Miniatur sollte den Heiligen Dionysius zeigen. Dieser Heilige war 1000 Jahre zuvor in Paris der erste Bischof gewesen. Als er die Heiden ringsum bekehren wollte, schlugen sie ihm den Kopf ab. Er nahm daraufhin seinen eigenen Kopf in die Hände und ging so noch zwei Meilen bis zu dem Platz, wo er begraben sein wollte. Das war ein großes Wunder! Adelheid malte ihn stehend von vorn, als ob er gleich auf den Betrachter zuschreiten wollte. Der Hintergrund war mit leuchtendem Gold belegt. Den Umhang mit seinem üppigen Faltenwurf malte sie purpurrot, weil er ja ein Märtyrer war. Aus dem Hals spritzte noch ein wenig Blut des Heiligen, und weil das so gruselig aussah, sollten wenigstens seine beiden Hände den Kopf behutsam und liebevoll vor der Brust halten. Das gelang ihr auch recht gut. Der Kopf sah schön aus, mit einem lockigen Vollbart und mit der Mitra angetan. Der Heilige stand auf einem Hügel, zwischen zwei Säulen, die durch einen Rundbogen verbunden waren. Zum Schluss malte sie einen reich verzierten rechteckigen Rahmen um das ganze Bild.

Als Adelheid diese Aufgabe bewältigt hatte, kam zu ihrer Überraschung Schwester Gerlind zu Besuch. Sie wollte ein Buch bringen, gratulierte aber erst einmal ihrer ehemaligen Schülerin zu deren Erfolg und freute sich sichtlich mit ihr! Das Buch enthielt die Dramen der Hrotsvith, die sie gebunden und mit einem schönen Einband versehen hatte. Das Holz der Buchdeckel war mit Leder bezogen und hatte silberne Leisten und Schließen. Darin waren die Texte, die Schwester Aurelia in den vergangenen Jahren abgeschrieben und illuminiert hatte.

Adelheid betrachtete das Werk mit Andacht. Und dann sagte sie langsam: „Dees is fei goud g'wurn!" Aurelia entfuhr ein „Mannah!" Sie war völlig überrascht über diesen Satz aus ihrer Heimat, wurde rot, drückte Adelheid kurz an sich, räusperte sich und sagte dann: „Moidl, ich hoffe, du machst dich nicht über deine Lehrmeisterin lustig!" Aber dabei war deutlich, dass das Moidl ihr eine große Freude gemacht hatte!

***

Die Zeit der intensiven Unterweisung war vorbei. Jetzt mussten die restlichen zwei Heiligenlegenden beendet werden, zuerst die des Heiligen Dionysius. Die Bordüre mit den vielen Vögeln hatte schon dazu gehört, und die Miniatur mit Gold und Purpur natürlich sowieso. Es war ein Problem, dass Adelheid nicht schön genug schrieb. Schwester Aurelia musste also wie bisher neben dem Malen auch schreiben. Natürlich konnte sie bei diesem wichtigen und wertvollen Auftrag nicht die sonst so beliebten vielen Wortabkürzungen verwenden, um schneller fertig zu werden. Gelegentlich kam zur Unterstützung eine heimlich kopierte Seite aus dem Skriptorium von Schwester Gerlind.

Es war längst Herbst geworden. Viel davon sehen konnte Adelheid ja nicht, aber sie spürte, wie es kälter wurde. Sie erinnerte sich an den vergangenen Winter und an die besonderen Schwierigkeiten mit dem Frost und mit Fulgenzia. Gleichzeitig jedoch trat ihr bei diesen Erinnerungen auch wieder der ganz normale Klosteralltag vor Augen: Sie hatte viel Umgang mit einigen lieben Menschen gehabt, also täglich mit

Schwester Gerlind und vor allem mit Margarete, nicht selten auch mit Schwester Ursula. Trotzdem hatte sie immer eine große Einsamkeit gefühlt. Es gab ja im Konvent so viele strenge Regeln, besonders gegen das Zeigen weltlicher Gefühle. Und man durfte eigentlich überhaupt keine Fragen stellen und keine Meinungen äußern.

Das ist auch eine Art Gefangenschaft, dachte sie jetzt. Sie konnte sich natürlich immer noch nicht damit abfinden, in diesen Räumen gefangen gehalten zu sein, doch sie verstand allmählich, warum Schwester Aurelia hier sogar ein Gefühl von Freiheit spürte. Sie musste ihre eigenen Gedanken nicht so einsperren und die von Adelheid auch nicht.

Manchmal arbeitete Aurelia auch noch ein wenig nach der Vesper, während der eigentlichen, vom Heiligen Benedikt verordneten, Lesezeit. Eines Abends hörte sie viel früher auf, weil ihr die Augen brannten, und sie setzte sich auf den bequemen „Verwöhnstuhl", wie sie ihn nannte, neben Adelheid. Nach einer Weile fragte sie: „Hast du eigentlich noch die Schwester gekannt, die früher euer Skriptorium geleitet hat?" Adelheid erzählte ihr, dass das Skriptorium geschlossen und jene Schwester schon lange tot war, als sie vor fast fünf Jahren Lehrkind im Konvent wurde. „Dann bin ich wohl ein Jahr nach dir hierhergekommen", meinte Aurelia. „Manchmal, wenn es mir nicht so gut geht, muss ich an jene Schwester denken und was man mir über sie berichtet hat. Gott verzeihe ihr und gebe ihr Frieden! Sie hat wohl in den letzten Monaten ihres Lebens nicht mehr gut arbeiten können. Sie war anscheinend oft ganz verwirrt und sehr unglücklich und hatte keine Kraft mehr für dieses Leben." „Hat sie sich etwa.... also, ich meine... hat sie die große Sünde begangen?" flüsterte Adelheid erschrocken. „Ich weiß es nicht", sagte Aurelia, „es wurde mir nicht so deutlich gesagt. Aber ich vermute es." Sie bekreuzigten sich beide.

Das war also damals das Geheimnis um das Skriptorium gewesen, ja, natürlich! Jetzt verstand Adelheid im Rückblick, warum sie auf ihre hartnäckigen Fragen nach einer Klosterschreib-stube mehrmals so barsch oder verschreckt zurückgewiesen worden war.

**

Der Winter wurde wirklich hart. Nicht nur die Kälte machte den beiden Frauen zu schaffen. Es war auch so schwierig, dafür zu sorgen, dass kein Schein von den Kerzen oder vom wärmenden Feuer von draußen zu sehen war. Sie brauchten Licht, aber doch auch Luft zum Atmen. Immer wieder mussten sie Arbeitspausen machen, alle Lichter löschen, das Feuer abdecken und durch die Fenster frische Luft hereinlassen. Das taten sie meistens während der Stundengebete, aber manchmal war es auch zwischendurch erforder-lich. Dann saßen sie einfach da, warm in Schaffelle eingemummelt, und schwiegen oder unterhielten sich.

Adelheid hatte oft eine Menge Fragen auf dem Herzen. Einmal ging es um ihre eigene Zukunft: Sie würde also nach Fertigstellung der Hrotsvith-Werke wieder ins Skriptorium zurückgehen und dort weiter arbeiten. Aber was würde denn auf Dauer ihre Stellung im Konvent sein können? Sie war nicht adelig und hatte kein Vermögen, konnte also weder Nonne noch Laienschwester werden und deshalb auch nicht anerkannt als Buchmalerin arbeiten. Trotz ihrer guten Ausbildung stünde sie eigentlich auf einer Stufe mit den Klostermägden. Was wäre, wenn eines Tages die Priorin sie nicht mehr fördern und schützen würde? „Ja, du hättest ein großes Problem", sagte Schwester Aurelia ernst, „ich habe schon mehrfach darüber nachgedacht. Es gibt ja weltliche Buchmalerinnen, die umherziehen von Burg zu Burg, von Kloster zu Kloster, und sich Arbeit suchen. Aber dafür bist du eigentlich zu gut ausgebildet und vor allem vorläufig für solch ein hartes und auch gefährliches Leben viel zu jung. Wie alt bist du denn eigentlich?" „Im Mai werde ich fünfzehn, einen Tag nach St. Honorius."

„Hab's mir scho dacht - zu jung! Aber mir ist noch ein anderer Gedanke gekommen, ein guter, glaube ich. Seit einigen Jahren tun sich in vielen Städten Frauen zusammen, die ein gottesfürchtiges Leben führen wollen, ohne aber Nonnen zu werden. Sie geloben nur für die Zeit ihrer Teilnahme an der Gemeinschaft Gehorsam, Keuschheit, persönliche Armut und wohltätiges Handeln. Sie können jederzeit wieder fortgehen, etwa zum Heiraten. Und für dich ganz wichtig: jede

Frau kann aufgenommen werden, ganz gleich, von welchem Stand sie ist. Hauptsache, sie kann arbeiten und sich so ihren Lebensunterhalt verdienen."

Adelheid war sehr beeindruckt, denn das konnte langfristig wirklich eine gute Lösung für sie sein. Aber wie würde sie eine solche Gemeinschaft finden? „Sie werden Beginen genannt. Ich meine gehört zu haben, dass es in der Stadt Magdeburg einen Beginenhof gibt. Ich werde mal mit der Priorin darüber reden." „Und haben diese Beginen auch Skriptorien?" „Ja, durchaus. Allerdings - von Werken der Buchmalerei habe ich nie gehört. Aber du könntest das ja sicherlich dort einführen! Das würde der Gemeinschaft doch großen Nutzen bringen. Es wäre übrigens gut, wenn du vorher noch von Schwester Gerlind lernen könntest, wie die Pergamentstücke zum Schreiben und Malen vorbereitet werden und wie man Bücher bindet. Denn dieser Teil der Ausbildung fehlt dir ja noch."

Später am gleichen Tag wollte Adelheid auch noch wissen, wie es denn mit Schwester Aurelia nach Beendigung der Arbeit weitergehen würde. „Nun, das ist ganz einfach: ich lasse mich von meinem jüngsten Bruder und dem Sohn des ältesten abholen und zurück in mein angestammtes Kloster bringen." „Dann seid Ihr also nicht aus dem Kloster geflohen?" fragte Adelheid verlegen. „Aber Moidl, was für eine Vorstellung! Dann müsste ich jetzt aber wirklich Angst haben, so etwas wird sehr hart bestraft. Nein, ich bin mit Erlaubnis der Äbtissin hier. Eine sehr kluge und mutige Frau. Aber sie hat mich kürzlich in einem Brief gedrängt, möglichst schnell fertig zu werden. Darum brauche ich ja jetzt deine Hilfe." „Und Euer Bruder – weiß er, warum Ihr hier seid?" „Ach, nicht so richtig. Er ahnt wohl etwas, aber er weiß, dass es besser ist, nicht genauer nachzufragen. Er ist auch in einem Kloster, auch in Regensburg. Er ist der Cellerar in St. Emmeram und bekommt daher häufig die Erlaubnis, das Kloster für einige Zeit zu verlassen und wirtschaftliche Angelegenheiten außerhalb zu regeln. So, jetz hamma g'nou g'schmaadert! Wir haben noch viel Arbeit vor uns."

***

Die tägliche Arbeit wurde nicht nur durch das Lüften unterbrochen, sondern natürlich auch durch bestimmte Regelmäßigkeiten: Die Stundengebete, die Mahlzeiten, ein täglicher Kurzbesuch von Schwester Ursula. Jede Woche kam einmal der Pater (auch ein Eingeweihter – wie viele gab es denn noch?), und einmal die Priorin. Jeden Samstag machten sie ihre Ganzkörper-wäsche, wie alle im Konvent, nur umständlicher und zeitraubender.

Und jeden Dienstag in der Nacht der Ausgang mit Almut – für Adelheid der absolute Höhepunkt der Woche! Sie kannte den Garten doch so gut und konnte trotz der Dunkelheit manche Veränderungen auf den Beeten erkennen, sie fasste Pflanzen an, roch an den Kräutern, blickte zu den Sternen oder zu den nächtlichen Wolken hoch, spürte die frische Luft auf ihrem Gesicht und fühlte sich lebendig. Sie brauchten auch keine Angst zu haben wie in einem nächtlichen Wald, denn vor Wölfen, Bären und auch vor Huckups und anderen Geistern waren sie hier geschützt. In einer der winterlichen Nächte allerdings hätten sie beinahe dieses Glück aufs Spiel gesetzt: Es hatte vorher frisch geschneit. Ihre Spuren waren morgens noch sichtbar gewesen und hatten Schwester Hedwig beunruhigt. Der Priorin war dann wohl eine gute Erklärung eingefallen, doch Adelheid und Almut hatten von ihr einen scharfen Tadel für ihre Unvorsichtigkeit erhalten und eine Warnung.

Trotz der vielen kleinen Unterbrechungen kam die Arbeit voran. In der sechsten Woche nach dem Weihnachtsfest war die Dionysius-Legende fertig geschrieben und illustriert. Schwester Aurelia begann nun, die letzte Legende, die der Heiligen Agnes, abzuschreiben. Adelheid sollte diese Erzählung parallel zur Abschrift ganz selbständig illuminieren.

***

Als das Osterfest schon eine Weile hinter ihnen lag, wirkte Schwester Aurelia zunehmend unruhig und verlängerte manchmal ihre täglichen Arbeitszeiten. Eines Tages kam die Priorin zusammen mit Schwester Ursula zu ihnen, und die drei Klosterfrauen redeten lange miteinander über Ereignisse, die irgendwo im Land geschahen. Adelheid verstand nur sehr wenig von dem Gehörten, doch sie nahm deutlich wahr, wie besorgt die Nonnen waren. Vor allem aber: Der Kirchenmann, der Auftraggeber, wollte die kopierten Werke jetzt ganz schnell haben! In drei Wochen würde ein Bote alles abholen!

Das war doch wohl nicht zu schaffen. Warum diese plötzliche Eile? „Wir müssen es einfach versuchen. Schlechte Arbeit wollen wir deshalb jedenfalls nicht abliefern", meinte Aurelia gedankenvoll. „Ja, aber warum diese Eile?" hakte Adelheid nach und bekam die Antwort: „Ich werde in den nächsten Tagen versuchen, dir einiges zu erklären. Jetzt muss ich erst selbst einmal nachdenken."

Aurelia hatte ein paar Wochen zuvor einmal darüber gesprochen, dass es seit längerer Zeit immer wieder Gläubige gab, die sich Sorgen machten, weil in der Kirche manche Menschen große irdische Reichtümer ansammelten und ein lasterhaftes Leben führten, sich also weit von Gottes Wort entfernten. „Ist das denn wirklich so?" hatte Adelheid wissen wollen. „Ach, doch, ich glaube, diese Kritik ist häufiger berechtigt, als man sich das hier in eurem Eckchen der Welt so vorstellen kann. Aber es gibt unter diesen Mahnern immer einige, die noch weiter gehen in ihrem christlichen Eifer und die Angst haben, dass die Welt in Sünde versinken würde, wenn die Kirche nicht ganz streng gegen jede Verweltlichung vorginge. Ihnen erscheint sogar die Freude an schönen Dingen gefährlich. Dazu gehört für einige auch Lachen und Fröhlichkeit und die Freude an Musik, an Bildern oder an so schön verfassten Werken wie denen der Hrotsvith." Aurelia hatte noch hinzugefügt, sie hoffte, wie viele andere auch, dass diese unsichere Zeit der großen Befürchtungen und unberechenbaren Einschränkungen in der Kirche bald wieder vorüber sein werde.

Adelheid hatte sie gefragt, was denn eigentlich passieren würde, wenn das Geheimnis um die Abschrift der Werke Hrotsviths bekannt würde. „So genau kann das niemand wissen", hatte Schwester Aurelia geantwortet. „Das kommt immer darauf an, wer gerade in der Kirche oder bei den Regierenden zu bestimmen hat. Und wer derjenige ist, der von den Abschriften erfährt, also ob er zu den Eiferern gehört. Wir wollten auf jeden Fall einigermaßen sicher gehen, deswegen arbeite ich hier in Brunshausen. Meine Äbtissin und die eures Stifts in Gandersheim kennen sich ja von früher. Wichtig für uns war: Ein kleines und unbekanntes Kloster wie dieses ist für so etwas am besten geeignet. Besser jedenfalls als unser Konvent Mittelmünster. Weißt du, der steht mitten in Regensburg, und es gibt viele Kontakte zu den anderen Klöstern. Vor allem auch zu den Kanonissinnen der beiden Stifte, zwischen denen wir liegen. Bei denen und in unserem Konvent geht es meistens recht entspannt zu, gar nicht streng. Das ist ja sehr angenehm, aber man weiß nie so genau, wer wem was hinterbringt."

***

Das hatte sich damals besonnen und unaufgeregt angehört, doch inzwischen war Aurelias Stimmung merklich angespannter. Adelheid wurde daher auch unruhig und hoffte zu erfahren, was denn vor sich ging. Am kommenden

Tag wartete Schwester Aurelia offensichtlich ganz ungeduldig auf Ursulas Besuch und auf Nachrichten von der Welt außerhalb des Klosters. Wieder konnte Adelheid nicht viel erfassen von dem, was die beiden Nonnen besprachen. Es fiel häufig der Name Konrad. Und falls sie sich nicht verhört hatte, war ein Mensch seinetwegen in Thüringen verbrannt worden! Lebendig! Aber vielleicht hatte sie sich ja doch verhört.

Schwester Ursula ging wieder, und sofort wollte Adelheid wissen, ob tatsächlich jetzt in Thüringen ein Mensch verbrannt worden sei und was denn überhaupt los sei in der Welt. „Es war nicht nur ein Mensch, sondern vier, und das Ereignis, von dem wir redeten, geschah nicht jetzt, sondern vor zwei Jahren in Erfurt", sagte Schwester Aurelia. „Aber ich möchte, dass wir unsere restliche Tageszeit zum Arbeiten nutzen. Nach der Komplet werde ich dir alles so gut wie möglich erklären."

So saßen sie denn, nach dem Nachtmahl und nach der Komplet, als eigentlich die Schlafenszeit vorgeschrieben war und sie die Kerzen gelöscht hatten, im Dunkeln zusammen. „Weißt du, was Ketzer sind?", begann Schwester Aurelia. „Ja", entgegnete Adelheid, „der Pater hat ein paar Mal über Ketzer gepredigt. Das sind Feinde unserer Heiligen Kirche, und die meisten sind vor ein paar Jahren in einem Kreuzzug besiegt worden. Ich glaube, in Frankreich." „Das stimmt. Das waren viele Tausende, die anscheinend die kirchliche Lehre verfälscht hatten. Der Papst und der Kaiser sind seitdem besonders wachsam und haben im Laufe der letzten Jahre mehrere neue Regelungen angeordnet. Durch diese sollen überall im Land Menschen aufgespürt werden, die möglicherweise auch ketzerische Gedanken haben. Der erste, der mit diesem Aufspüren beauftragt wurde, ist ein großer Volksprediger, Konrad von Marburg." „Ist das der, von dem Ihr mit Schwester Ursula gesprochen habt und der die vier Menschen hat verbrennen lassen?" „Ja, das ist er, der Inquisitor, und außer diesen vier Männern hat er in den vergangenen zwei Jahren schon unzählige Menschen überall im Reich auf die Scheiterhaufen geschickt." „Und das waren alles Ketzer?" „Ach, da habe ich so meine Zweifel. Vor kurzem soll einer seiner wichtigsten Helfer, entweder der Dominikaner Tors oder Johannes der Einäugige und Einhändige, sogar gesagt haben, dass es besser sei, hundert Unschuldige zu verbrennen als einen Schuldigen unbestraft zu lassen." Was für ein ungeheuerlicher Ausspruch! Adelheid war sehr erschrocken. Schwester Aurelia sagte dann noch: „Es scheint wirklich so zu sein, dass jeder in Verdacht geraten kann, und dann gibt es kein Entkommen mehr. Nicht einmal für hohe Würdenträger. Nach allem, was ich höre, werden die Häscher immer gnadenloser in ihrem Eifer und verbreiten Angst und Schrecken. Das macht mir auch Angst, zum ersten Mal in meinem Leben. Und unser Auftraggeber ist offensichtlich auch stark besorgt. Wir müssen sehr umsichtig unsere nächsten Schritte überlegen."

Sie gingen zu Bett, doch beide konnten in dieser Nacht lange nicht einschlafen.

***

Am nächsten Morgen hatte sich wenigstens Schwester Aurelia wieder von ihrer verzagten Stimmung erholt. „Adelheid, wir können die Legenden nicht fertig haben, wenn der Bote kommt. Es geht nun mal nicht. Er bekommt die Dramen, und die fertigen sieben Legenden muss er halt ungebunden mitnehmen. Wir werden uns nicht sinnlos nervös machen." „Ja, aber was wird aus der Agnes? Beenden wir sie nicht?". Die Agnes-Legende sollte doch ihr eigenes selbständiges Werk sein, jedenfalls die Illuminationen darin. „Oh doch!" beruhigte sie Aurelia. „Wir arbeiten daran natürlich weiter. Und ich denke, wir können das schaffen bis mein Bruder mich abholt. Ich nehme dann die schöne neue Agnes zusammen mit den alten Handschriften mit. Irgendwann später wird unser Auftraggeber schon noch auch diese letzte Legende erhalten." Jetzt konnte Adelheid ihre Neugier nicht zurückhalten. „Ihr nehmt die alten Vorlagen mit in Eure Heimat? Kommen sie denn auch von dort? Ich habe immer gedacht, sie wären vielleicht direkt aus Gandersheim hierher gelangt." „Etz roaß di amol zamm, Moidl", sagte Aurelia mit einem Anflug von Strenge in ihrer Stimme. „Es reicht jetzt! Du weißt doch ganz genau, dass ich nicht darüber sprechen will." Adelheid entschuldigte sich etwas kleinlaut. Es war halt ein Versuch gewesen.

Sie arbeiteten zügig weiter, doch Schwester Aurelias Entscheidung hatte tatsächlich viel von dem unangenehmen Zeitdruck genommen, unter dem sie gestanden hatten. Die Hrotsvith-Kopien wurden schließlich abgeholt, aber eben ohne die achte Legende.

Und dann, nur wenige Wochen später, kam der große Tag: Auch die letzte Heiligenlegende war fertig abgeschrieben und sorgfältig illuminiert! Die Priorin betrat den Raum, gratulierte ihnen und richtete an Ida ein paar erbauliche Worte. Adelheid-Ida hörte in ihrem Glück gar nicht richtig zu. Als die Priorin wieder fort war, kam Schwester Ursula und umarmte sie beide! Im Kloster! Und dann erschien Almut durch ihre Geheimtür und brachte eine ganz besonders leckere Süßspeise, einen Eierkuchen mit Honig, Rosinen und Mandeln. Wenn das nicht fast schon Völlerei war! Aber ihr konnte das ja einerlei sein. Jedenfalls war es ein richtiges Fest!

Für den Rest dieses Tages taten Schwester Aurelia und Adelheid außer dem vorgeschriebenen Beten und Singen von Psalmen nichts – einfach gar nichts! Manchmal redeten sie miteinander über die beendete Arbeit und über Hrotsvith. Wie über eine gemeinsame alte Bekannte, eine recht anstrengende, von der sie sich gerade verabschiedet hatten.

Am nächsten Morgen verpackten sie die alten Handschriften zusammen mit der neuen Agnes-Kopie sorgfältig in gewachste Tücher, damit sie unterwegs nicht Schaden nähmen.

Adelheid würde sich in ein paar Stunden von Schwester Aurelia verabschieden müssen. Sie freute sich ja auf ihre Freiheit, aber sie würde ihre alte Lehrmeisterin vermissen, das merkte sie jetzt schon. Ja, sehr sogar, es war fast wie ein Schmerz! Natürlich hatte es in den vergangenen Monaten Momente gegeben, in denen sie beide auch mal recht gereizt miteinander umgegangen waren. Dann genügte manchmal Aurelias sarkastischer Spruch ‚Ja, ja, der Mensch denkt, und Gott lenkt' oder ihr ironisches ‚so so' oder ihr nächtliches Schnarchen oder einmal sogar nur der Anblick ihrer einsamen drei Vorderzähne, um Adelheid streitsüchtig zu machen und zu patzigen Bemerkungen zu verleiten. Aurelia wiederum konnte sich manchmal nur schwer beherrschen, wenn Adelheid mal wieder an ihren Nägeln kaute oder immer die gleiche Melodie falsch vor sich hin summte.

Doch solche Missstimmungen waren eher selten vorgekommen. Tatsächlich hatte Adelheid noch nie zuvor in Gegenwart eines erwachsenen Menschen so oft gute Laune gehabt! Sie hatte sich auch noch nie vorher so ermuntert gefühlt, ihre eigenen Gedanken und Gefühle wichtig zu nehmen. Und nie war sie von Aurelia entmutigt worden.

***

Leider wurde etwas später an diesem Tag Aurelias nervender Spruch ‚Der Mensch denkt, und Gott lenkt' unerwartet passend. Denn noch bevor Adelheid in dieser Nacht heimlich wieder an ihre alte Schlafstelle neben der Küche hätte zurückkehren können, wurden die Pläne für ihre nahe Zukunft im Skriptorium abrupt in Frage gestellt: Die Priorin erschien plötzlich und machte einen ungewohnt aufgeregten Eindruck. Sie habe gerade die Nachricht erhalten, dass ein Mann mit nur einer Hand und einem Auge mit seinen Begleitern auf dem Weg zum nahen Kloster Lamspringe gesehen worden war! „Ich hoffe, ich weiß bald genauer, was das für uns zu bedeuten hat. Auf jeden Fall soll Ida heute Nacht noch hier bleiben. Morgen auch. Wir sehen dann weiter."

Schon war sie wieder fort. Beide Frauen waren erst einmal stumm vor Schreck. Schließlich sagte Adelheid mit ganz kläglicher Stimme: „Ihr werdet ja in den nächsten Tagen abgeholt. Aber was wird denn aus mir?" „Mei läibs Moidl, hab nicht solch eine große Angst! Die Priorin wird sich etwas einfallen lassen für dich". „Ach die Priorin, die hat doch kein Herz für mich", meinte Adelheid bitter, „falls sie überhaupt eins hat." „Nun, ich kann in ihr Herz nicht hineinschauen, keiner kann das außer Gott. Ich weiß aber, dass sie immer versucht, alle Situationen zu beherrschen und dabei alles so gut wie möglich zu machen. Es gelingt ihr auch erstaunlich oft. Ich vertraue ihr, dass sie dein Wohl im Auge hat." Adelheid war nicht so davon überzeugt.

„Übrigens", sagte Schwester Aurelia mit dem vertrauten verschmitzten Lächeln, „du könntest ruhig den *Zouber* deiner Mutter aus deinem Versteck holen und umhängen. Vielleicht macht dir der ja Mut!" Aurelia hatte also die ganze

Zeit gewusst, dass sie das *Sackelin* immer noch hatte! „Moidl, dees passt scho. Es ist doch weißer Zauber, der niemandem schadet."

***

Am nächsten Tag, morgens nach der Terz, brachte Schwester Ursula die schlimme Nachricht, dass Adelheid umgehend das Kloster verlassen müsste! Es gab nämlich Gerede unter einigen der Nonnen: Die gottgegebenen Standesunterschiede seien im Konvent längst nicht mehr respektiert worden, einem ungebildeten und vielleicht sogar gottlosen Kind sei vor einiger Zeit erlaubt worden, an Psaltern und anderen Büchern der Heiligen Kirche herumzuwerkeln. Solche Gerüchte gab es offensichtlich jetzt erneut, obwohl Adelheid doch schon seit mehreren Monaten als abwesend galt! Sie waren der Priorin gerade wieder zu Ohren gekommen. „Wir wissen schon länger, wer bei uns so etwas verbreitet, und bisher haben wir das einfach als dumm, aber harmlos abgetan. Doch jetzt würde ein Inquisitor, dem in diesen Tagen so etwas zugetragen wird, das anders sehen und alles untersuchen wollen. Wir müssen anscheinend tatsächlich mit einer Visitation durch Hans den Einäugigen rechnen. Manche Schwestern hier würden ihn wohl gern unterstützen." Sie seufzte. „Die Zeiten haben sich sehr geändert."

Adelheid konnte gar nicht fassen, was sie da hörte. Wohin sollte sie denn gehen? Müsste sie im Wald umherirren und würde von wilden Tieren zerrissen werden? Oder sich in die Mühle flüchten und ihre ganze Familie in Lebensgefahr bringen?

Würde sie von den Inquisitoren gefangen und verbrannt werden? War sie jetzt ganz verloren?

„Was habt Ihr vor?" fragte Aurelia. „Das Mädel hat große Angst." Sie deutete auf Adelheid, die auf ihrem Stuhl am Fenster saß und ganz verstört auf die beiden Nonnen blickte.

„Ja, natürlich. Entschuldige!" Schwester Ursula ging zu Adelheid und nahm sie sanft bei den Schultern. „Hör zu! Wir hatten ja gedacht, wir hätten noch etwas Zeit, um Entscheidungen zu treffen. Nun ist die Gefahr aber größer als wir dachten, und du musst in der kommenden Nacht schon fort. Die Priorin hat einen Plan für dich gemacht. Sie hat Schwester Aurelias frühere Anregung aufgenommen und will dir helfen, nach Magdeburg zu den Beginen zu gehen. Ein Konverse wird dich so lange begleiten, bis ihr auf eine Pilgergruppe nach Huysburg trefft, der du dich anschließen kannst. Von dort nach Magdeburg sind es dann wohl nur noch zwei Tagesmärsche."

Zu den Beginen! Ja, das hörte sich beruhigend an. Aber welcher Konverse sollte sie begleiten, doch wohl nicht etwa der ängstliche und schwache Dietrich? Sie fragte danach. „Ach nein, auf keinen Fall. Die Priorin hat den zuverlässigsten der Laienbrüder ausgesucht: Eberhard. Du weißt schon, der, der für die Landwirtschaft und für die Wälder des Klosters verantwortlich ist. Er wird seine Sache gut machen. Wahrscheinlich werdet ihr morgen ganz früh aufbrechen. Ich komme heute noch einmal her, um alles Weitere zu besprechen und zu regeln." In der Tür drehte sie sich noch einmal um und fügte hinzu: „Du erhältst auch ein Paar neuer Schuhe, deine alten taugen ja nur noch für ganz kurze Mondschein-Spaziergänge im Garten."

***

Schwester Ursula holte nun aus ihrer Vorratskammer die nötigen Dinge für Adelheids Reise: einen sehr langen Wanderstab als Stütze und auch als Waffe gegen wilde Tiere, ein Messer, eine Umhängeflasche aus Kürbis und eine Umhängetasche, die wie die Pilgertaschen mit farbigen Troddeln versehen war - in einem sehr hässlichen grünlichen Gelb, wie Adelheid feststellte. Dazu noch einen Rosenkranz und natürlich die angekündigten neuen Schuhe, die zum Glück einigermaßen bequem waren.

Schwester Aurelia gab ihr zwei von den kostbaren Pergamentblättern, etwas Trockentinte und einige Trockenfarben. Das packte Adelheid zu den wenigen Kleidungsstücken in ein Bündel, das sie an einem langen Band umhängen konnte. Die wichtigsten Instrumente für das Malen und Schreiben trug sie ja am Gürtel. So würde sie gleich ihre Kunst vorführen können, wenn sich ihr eine Gelegenheit bieten sollte und es ihr nützlich erschiene.

Nach der Non kam der Pater, um Adelheid die Beichte abzunehmen und sie zu segnen. Sie war dieses Mal froh über seinen Besuch. Er war ja bisher einmal wöchentlich zu ihnen in die Klause gekommen und hatte dann seine seelsorgerischen

Aufgaben kurz und knapp wahrgenommen, als müsste er eine Pflicht erfüllen. Eigentlich hatte sie sich nie von ihm wahrgenommen gefühlt. Doch heute blickte er ihr zum ersten Mal direkt in die Augen, bevor er ging, und mit einem warmen Lächeln sagte er: „Ne timeas! Dominus tecum! - Fürchte dich nicht! Der Herr sei mit dir!"

Als Almut wenig später die Abendmahlzeit brachte, berichtete sie, dass sie gerade dem schönen Eberhard Proviant für unterwegs gegeben hätte, vor allem getrocknete Früchte und Nüsse, Zwieback und etwas Käse „So, so, dem schönen Eberhard!" wiederholte Aurelia mit dem ihr eigenen kleinen Lächeln. „Na ja, so heißt er bei uns Frauen in der Küche, obwohl er ja leider nur ganz selten bei uns auftaucht. Und dann redet er eigentlich nur mit mir, wohl weil ich die Älteste bin. Sein schönes Lächeln zeigt er nur mir. Und alle anderen sind neidisch!" Beide lachten verschmitzt, aber Adelheid war rot geworden, sie hätte gar nicht so recht sagen können, warum.

Sie war jetzt sehr aufgeregt, aber doch viel weniger ängstlich als noch vor ein paar Stunden. Dazu hatte nicht nur die unerwartete Freundlichkeit des Paters, sondern auch die kurze Abschiedsansprache von Schwester Ursula beigetragen „Meine liebe Adelheid", hatte sie feierlich gesagt, „ ich kenne dich jetzt seit fünf Jahren. Du bist schon als willensstarkes kleines Mädchen zu uns gekommen, und über die Jahre war ich immer wieder erstaunt über deine Zielstrebigkeit, auch über deinen Eigensinn. Dein großes Talent hat dir Gott gegeben, aber du hast es genutzt und viel dafür in Kauf genommen. Darum bin ich ganz zuversichtlich, dass du jetzt auch als erwachsene junge Frau mutig und stark wie bisher deinen Weg gehen wirst. Hab keine Angst! Du kannst auf Gott und auf dich selbst vertrauen! Gott behüte dich!" Adelheid waren die Tränen über die Wangen gelaufen.

Die Priorin erschien übrigens nicht. Sie hatte Schwester Ursula gebeten, Adelheid in ihrem Namen alles Gute zu wünschen, ihr sogar zu danken für ihren Einsatz in den vergangenen Monaten, und ihr etwas Geld für die Reise zu überreichen. Schwester Ursula hatte auch den Auftrag bekommen, Adelheid an ihren Geheimhaltungseid zu erinnern und sie zu ermahnen, niemandem zu vertrauen, schon gar nicht fremden Pilgern, unter denen sich häufig Spione und Diebe befanden. Für den Abt Siegfried des Doppelklosters Huysburg sollte Adelheid einen versiegelten Brief mitnehmen. Der Abt würde sie im Nonnenkloster übernachten lassen und dafür sorgen, dass sie nach Magdeburg gelangen könnte.

Adelheid war ja froh, dass sie nicht noch einmal eine Ansprache der Priorin über sich ergehen lassen musste, aber sie war doch sehr beeindruckt von der klugen und umsichtigen Fürsorge dieser spröden Frau.

***

Nachdem nun alles für die Reise vorbereitet war, nahm sie erst wahr, wie sehr es sie bedrückte, dass sie von ihrer Familie nicht Abschied nehmen konnte. Würde sie ihre lieben Eltern und Geschwister jemals wiedersehen? Als Almut das Abendessen brachte, gab Adelheid ihr drei handtellergroße Pergamentblättchen mit einfachen kleinen Heiligenbildern darauf, die sie schon vor einigen Wochen in ihrer freien Zeit begonnen und inzwischen fast fertig gestellt hatte. Eigentlich waren sie als Wiedersehensgeschenke für ihre Familie gedacht gewesen: eins für ihre Eltern, eins für Heinrich und eins für Margarete im nahen Sebexen. Almut versprach ihr, alles Friderun zu übergeben und ihr vorsichtig klarzumachen, dass Adelheid wohl keine Möglichkeit haben würde, je wieder nach Brunshausen zurückzukehren. Und sie würde ihr ausrichten, dass ihre Tochter in großer Liebe bis an ihr Lebensende an sie alle denken und immer für sie beten würde. Bei diesem Satz konnte Adelheid den Schmerz in ihrem Herzen kaum ertragen!

Nach der Komplet legte sie sich in ihr Bett. Zuerst konnte sie nicht einschlafen. Ihre Ängste waren während der vielen Gespräche dieses langen Tages und bei den praktischen Vorbereitungen immer wieder in den Hintergrund getreten, doch jetzt stürmten sie ungehindert auf sie ein. Die Angst vor den ersten zwei Nächten in den Wäldern! Die Bären waren vielleicht nicht so gefährlich, aber die Wölfe, die Wildschweine, die Räuberbanden und die Waldgeister, von denen so oft geflüstert wurde! Vor allem vom Huckup, der sich manchmal sogar in der Nähe des Klosters schwer auf die Schultern nächtlicher Wanderer setzte und sie mit seinen Beinen und Armen würgte. Zwei lange Nächte im Wald! Danach – so war ihr gesagt worden – könnten sie und der Konverse wahrscheinlich ohne Gefahr bei Tageslicht ihre Reise fortsetzen. Sie versuchte, sich auf dieses „Danach" zu konzentrieren, stellte sich ihre Ankunft in Magdeburg vor und malte sich in schönen hellen Farben ein Leben in der Beginengemeinschaft aus. Mit etwas Unruhe dachte sie dann noch daran, wie sie unterwegs wohl mit dem ihr fast unbekannten und so hochgelobten Konversen Eberhard zurecht-kommen würde, doch dann schlief sie ein.

***

Nach der Matutin, also lange vor Tagesanbruch, wurde sie von Aurelia geweckt und machte sich eilig reisefertig.

Der Moment des Abschieds war gekommen! Adelheid umarmte Schwester Aurelia. Das war das erste Mal, und sie war etwas überrascht, wie klein und dünn ihre Meisterin sich anfühlte, wie aus Vogelknöchelchen gebaut. Eine Welle von Zärtlichkeit überkam sie und auch Besorgnis, wie diese alte Frau wohl die bevorstehende Reise nach Regensburg durchhalten würde. „Wie – also ich meine – geht das denn für Euch überhaupt – äh – so viele Tage lang reiten?" stotterte sie.

„Ach Moidl, du hast also gerade gemerkt, wie klapprig ich bin. Nein, es wird wahrlich kein

Vergnügen werden, aber mach dir keine Sorgen um mich. Johann-Christoph ist ein fürsorglicher Bruder. Und unser Neffe bringt eigens für mich seine Zelter, das sind Pferde mit einem sanften Gang, wie für mich geschaffen. Ich werde das schon gut überstehen. So, und jetzt geh endlich, sonst werde ich hier noch gefühlvoll! Gott schütze dich!"

Und damit schob sie sie zur kleinen Geheimtür. Hier eckte Adelheid in ihrer Aufregung heftig mit dem langen Stab an. Sie würde sich erst noch an ihn gewöhnen müssen.

Almut wartete schon auf sie, um sie aus dem Kloster hinauszugeleiten. Die Nacht war mondlos, und nur wenige Sterne funkelten zwischen den großen Wolkenfeldern. Mit klopfendem Herzen sog Adelheid die lauwarme Frühsommerluft mit ihren Düften ein. Es roch vor allem nach Holunder. Schön war das! Doch als sie ein leises Knacken hörte, überwältigte sie ihre Angst vor dem nächtlichen Wald ganz plötzlich. Sie hielt die Luft an und umklammerte zitternd ihren Stab mit beiden Händen. Almut legte beruhigend einen Arm um sie und flüsterte: „Da drüben bei den Holunderbüschen wartet Eberhard. Komm!" Sie gingen zu den Büschen am nahen Waldrand. Eberhard begrüßte Adelheid, doch in der Dunkelheit konnte sie kaum etwas von ihm sehen. „Es ist Neumond", sagte er leise, „deshalb ist es so stockfinster. Aber fürchte dich nicht, ich kenne mich in einem Umkreis von vielen Meilen gut aus, ich finde auch im Dunkeln jeden Weg. Und mit wilden Tieren bin ich bisher noch immer fertig geworden. Also: keine

Angst. Am besten gibst du mir deine Hand!"
Obwohl er leise sprach, war seine Stimme fest und
beruhigend. Sie fasste wieder Mut.

Sie umarmte Almut und dankte ihr für ihre
Fürsorglichkeit. Almut huschte fast lautlos zurück
ins Kloster. Adelheid gab Eberhard eine Hand,
umfasste noch etwas unbeholfen ihren langen Stab
mit der anderen, und beide machten sich auf den
Weg.

Epilog

260 Jahre später, im Jahre 1493,
durchstöbert der Humanist Conrad Celtis im
Kloster St. Emmeram in Regensburg die große
Bibliothek und stößt auf Handschriften der Werke
Hrotsviths von Gandersheim. Er erkennt die
literarische Qualität und Einzigartigkeit dieser
Texte und will sie veröffentlichen. Auch der große
Albrecht Dürer ist beeindruckt und beginnt mit der
Anfertigung zweier moderner Illustrationen zu
dem Werk.

Die aufgefundenen Handschriften stammen
aus dem 10. Jahrhundert und können keinem
Skriptorium mit Sicherheit zugeschrieben werden.
Der Mönch Bertram, der dem Conrad Celtis beim

Sortieren und Aufbereiten der Handschriften behilflich ist, stellt erstaunt fest, dass die letzte der Heiligenlegenden zweifach vorhanden ist. Eine dieser beiden Kopien ist deutlich jüngeren Datums und reich illuminiert. Bertram verschweigt seinen Fund und übergibt ihn heimlich seinem Bruder, der eine exquisite kleine Bibliothek besitzt. Am Ende dieser jüngeren Handschrift findet sich, in sehr kleiner Schrift, dieser Kolophon:

Hunc librum illuminavit anno MCCXXXIII Ida de Brunsteshus.

(Dieses Buch illustrierte im Jahre 1233 Ida von Brunshausen.)

Ein Nachwort

Allen, die die Geschichte bis zum Ende gelesen haben und die sich jetzt vielleicht Sorgen machen, ob Adelheid, ihre Familie, Almut, Aurelia und die guten Schwestern des Klosters Brunshausen nicht doch noch Opfer des Konrad von Marburg oder seiner Häscher wurden, sei gesagt, dass sie gute Überlebenschancen hatten. Der Inquisitor wurde nämlich am 30. Juli 1233 erschlagen und seine wichtigsten Helfer Johannes der Einäugige und Einhändige und der Dominikaner Tors kamen bald danach ebenfalls um. Damit waren die so gefährlichen Jahre der maßlosen und massenhaften Ketzerverfolgungen im Reich erst einmal für einige Jahrzehnte vorbei.

Die drei genannten Inquisitoren und ihre Taten sind historisch. Conrad Celtis und seine Entdeckung in St. Emmeram auch. Sein Assistent, der Mönch Bertram, jedoch nicht und mithin auch nicht der unterschlagene Fund.

Und Adelheid und Aurelia?

Das Kloster Brunshausen gab es jedenfalls. Heute kann man dort idyllisch Kaffee trinken.

Bildnachweise

Seite 18: Kreuzgang Kloster Unser Lieben Frauen
Magdeburg. Mit frdl. Genehmigung des
Kunstmuseums Magdeburg

Seite 35: Skriptorium: Schreiber Hildebertus und sein
Schüler Everwinus. Aus: Augustinus, De civitate
Dei, um 1140.

Seite 39: Altdeutsche Stabermühle, aus: „Hortus deliciarum"
(12. Jh.) der Äbtissin Herrad von Landsperg.
Entnommen aus: J. Mager, Mühlenflügel und
Wasserrad, VEB Fachbuchverlag Leipzig 1990

Seite 43: Schlussstein aus dem Kreuzgang „Schwahl" im St.
Petri-Dom Schleswig. Foto: Wolfgang Metternich,
mit frdl. Genehmigung von „metternich-art"

Seite 57: Michaeliskirche in Hildesheim. Foto: Paulis.
Commons.wikimedia. Hildesheim St. Michael 4.JPG

Seite 79: Faksimile erste Seite der Agnes-Legende der
Hrodsvit gandeshemensis (11. Jh.) Mit frdl.
Genehmigung der Bayerischen Staatsbibliothek
München, Clm 14485, S. 140

Seite 108: Fresko Domkreuzgang Brixen, Südtirol. Foto: Peter
Regenfuß

Kurzbiographie und Anmerkungen zur Entstehung dieser Geschichte.

1939 wurde ich in Hannover geboren. Die folgenden Kriegsjahre verbrachte ich auf der Flucht vor Bombardierungen mit meinen Eltern an wechselnden Orten - unter anderem in der Mühle von Sebexen bei Bad Gandersheim.  1945 kehrte ich mit den Eltern ins zerstörte Hannover zurück, besuchte hier die Schule und anschließend ein Dolmetscherseminar. Danach arbeitete ich achtzehn Monate lang als Volontärin in einem Kinderheim in Kairo. Bis 2004 war ich Förderschullehrerin im südlichen Niedersachsen.

Seit meiner Pensionierung besuche ich in Göttingen als Gasthörerin geschichtliche Vorlesungen und nehme an der offenen Schreibwerkstatt der UDL (Universität des Dritten Lebensalters) teil.

Als wir uns 2012 in der Schreibwerkstatt mit historischen Themen befassen wollten, war mir ein früheres Geschichtsstudium im Rahmen meiner pädagogischen Ausbildung eine hilfreiche Grundlage. Zu Beginn der Aufgabe mieteten wir uns ein paar Tage lang im Kloster Brunshausen (Bad Gandersheim) ein, und diese Umgebung regte mich an, die fiktive Lebensgeschichte eines ungewöhnlichen Mädchens aus dem Mittelalter aufzuschreiben.

Mein Ehrgeiz, selbst in kleinen Details sachliche Fehler möglichst zu vermeiden, führte zu umfangreichen Recherchen, so dass die Niederschrift dieser kleinen Novelle mehr als ein Jahr in Anspruch nahm. Dabei stützte ich mich auf Geschichtsportale im Internet, auf Vorträge und vor allem auf eine Anzahl von Büchern, zum Beispiel „Ich Wolkenstein" von Dieter Kühn oder „Kindheit im Mittelalter" von Sh. Shahar. Vieles erfuhr ich auch in Museen und in der Sonderausstellung „Skriptorium" im Regionalmuseum Wolfhager Land.

Sehr hilfreich waren nicht zuletzt die Ermutigungen meiner Lektorin Dr. Ruth Finck! Als Germanistin und Mittelalterspezialistin unterstützte sie mich zudem mit ihrem fachlichen Wissen.